DORFLEBEN

Anschlag auf den Martinszug

von Tom Kröll

Impressum

Tom Kröll, Grünstraße 40, 47625 Kevelaer

Lektorat und Korrektur: Moira-Lou Kröll

Verlag:epubli.de

Handlungen und Personen im Buch sind frei erfunden. Ähnlichkeiten mit lebenden oder verstorbenen Personen sind rein zufällig und nicht beabsichtigt.

Ich habe lange überlegt, ob ich so etwas wie eine Widmung in dieses Buch schreibe. Wem soll ich es widmen? Das war meine erste Überlegung. Und dann die Frage „wie macht man so etwas überhaupt, was schreibt man da rein?“

Irgendwann, als ich wieder einmal mit dem Fahrrad unterwegs zum Dorfbäcker war um die Brötchen für das Frühstück zu kaufen, kam mir eine Idee.

Mein Weg zum Bäcker ist gerade einmal ein paar Hundert Meter lang, aber bereits auf dem Hinweg waren mir zwei Nachbarn begegnet, die mir ein freundliches „Guten Morgen“ zuriefen. Ich habe den Gruß genauso freundlich zurückgegeben und dazu die Hand zum Gruß gehoben.

Beim Bäcker gab es die übliche kleine Warteschlange, wie an jedem Wochenende. Ich habe mich dort kurz mit zwei Bekannten darüber unterhalten, was sie in den letzten Tagen so gemacht hatten, und ob sie am Wochenende noch etwas vorhätten. Der übliche Smalltalk, um sich die Wartezeit zu verkürzen.

Die Verkäuferin im Laden war ebenfalls gut gelaunt und wollte wissen, ob es unserer kleinen Enkeltochter gut ginge, und ob sie schon krabbelt. Dinge, über die man sich im Dorf so Gedanken macht, und die gerne auch über das Forum „Dorfbäckerei“ verbreitet werden.

Bevor ich den Rückweg antrat traf ich, beim Aufschließen des Fahrrades, noch einen weiteren Bekannten, der mir noch kurz erzählte, was am heutigen Samstagabend so alles bei ihm auf dem Grill landen sollte.

Als ich dann während der Rückfahrt noch zweimal die Hand zum Gruß gehoben hatte, kam mir der Gedanke, dass die Widmung dieses Buches genau diesen Leuten gelten sollte.

Genau das wäre einer der Punkte, die ich unter dem Begriff

‚Dorfleben'

auflisten würde, wenn mich jemand danach fragen würde.

Und genau das ist einer der Punkte, die mich auf die Idee gebracht haben den Hintergrund der Geschichte mit dem Thema ‚Dorfleben' zu belegen, und sie in einem fiktiven Dorf in meiner Heimatregion spielen zu lassen.

Ob daraus später eine Art Serie entsteht, ist im Moment noch ungewiss.

Martinszug

Mats Norgren hatte gerade eine defekte Beleuchtung im Außenbereich des Cafés repariert, welches er seit einiger Zeit zusammen mit seiner Frau Frida betrieb. Jetzt wollte er nur noch das Werkzeug zurück in den alten Schuppen bringen, der am Rande der Wiese neben dem Café stand. Im Schuppen fiel sein Blick auf die Steinschleuder, die auf der Werkbank lag.

Franz, sein Nachbar hatte für die kommende Woche einen Wettbewerb ausgerufen. Dabei wollten Andre, Heinz, Stefan, Mats und er im Schießen mit der Steinschleuder gegeneinander antreten. Sie trafen sich ab und zu, um solche Wettbewerbe zu veranstalten. Meistens maßen sie sich im Darts, manchmal aber auch in anderen Disziplinen wie Luftgewehrschießen oder eben jetzt mit der Steinschleuder. ‚Ein bisschen Zeit habe ich ja noch', dachte sich Mats. Er hatte sich einen Pappdeckel an einen Baum gelehnt und ein paar Zielübungen gemacht.

Irgendwann hörte er Frida rufen: „Mats! Kommst du? Wir müssen gleich los!" Mats sah auf seine Uhr. ‚Mist! Der Sankt Martinszug!' dachte er. Irgendwie hatte er die Zeit vergessen. „Ich komme", antwortete er. Er wollte nicht, dass sie merkte wie er herumgetrödelt hatte. Darum steckte er die Steinschleuder einfach schnell in seine Jackentasche und lief hoch in die Wohnung. Die Kinder hatten sich lange auf diesen Abend gefreut, aber auch für die Erwachsenen war es immer wieder schön zu sehen, wie die Kleinen laut singend mit ihren Fackeln durch die Straßen zogen.

Mats war fröhlich gestimmt und alberte auf dem Weg mit den Kindern herum. Er sang immer wieder die Martinslieder mit absichtlich falschem Text vor. Zuerst hatte Klara dann immer laut protestiert, aber mittlerweile sang auch sie schon die falschen Stellen mit und brach jedes Mal in lautes Gelächter aus, wenn sie oder Mats mal wieder einen neuen lustigen Fehler eingebaut hatten. Ihr Lachen war so herzlich und echt, dass es ansteckend auf die anderen wirkte. So zogen sie lachend und herumalbernd zum Treffpunkt, von welchem der Umzug starten sollte.

Dort angekommen lief Klara direkt los zu den anderen Kindern ihrer Schulklasse, die sie sofort entdeckt hatte. Frida sprach noch kurz mit der Lehrerin, die ihr sagte, dass genug andere Eltern mit dem Umzug gehen würden. Sie mussten also mit ihrem Kinderwagen und der kleinen Anna darin nicht mitziehen.

Deshalb standen Mats und Frida nun mit einigen Freunden an der Einmündung zum kleinen Marktplatz. Hier hatte man die Möglichkeit, den Sankt Martinszug zweimal zu sehen. Gerade war der Zug zum ersten Mal an ihnen vorbeigezogen. Jetzt würde es eine Weile dauern, bis die Kinder ihre Runde beendet hatten und abermals an ihnen vorbei auf den Marktplatz ziehen würden. Dann würden sie sich dort die Mantelteilung anschauen, die wie in jedem Jahr von den Mitgliedern des Heimatvereins gespielt wurde. Dazu brannte ein großes Feuer in der Mitte des Platzes. Der Schein der Flammen tauchte den Platz in ein gespenstisches Licht, welches gut zum Schauspiel des Sankt Martin passte, der nach alter Sage alljährlich aus dem Himmel herabstieg, um den Kindern in der ganzen Welt das Teilen nahezubringen, ganz so wie er es der Sage nach selbst getan hatte, als er seinen Mantel mit dem Bettler teilte.

Die Erwachsenen wollten die Pause nutzen, um sich am Glühweinstand ein heißes Getränk zu besorgen. Frida und die anderen Frauen hatten sich bereit erklärt, die Getränke zu holen. Mats und Stefan blieben zusammen mit den anderen Männern stehen und wollten warten, bis die Frauen mit den Getränken zurückkamen. Sie diskutierten gerade darüber, dass an einigen Stellen Betonblöcke aufgestellt worden waren. Die Meinungen darüber gingen weit auseinander. Einige hielten es für ‚völlig übertrieben', andere fanden eher, dass noch viel zu wenig für die Absicherung des Zuges getan wurde.

Es hatte in letzter Zeit immer wieder Diskussionen um die Sicherheitsvorkehrungen bei öffentlichen Veranstaltungen gegeben. Anschläge auf den Weihnachtsmarkt in Berlin, auf den New York Marathon, auf der Westminster-Bridge am Big Ben in London, oder das Bataclan Theater in Paris hatten die Menschen und auch die Behörden verunsichert. Aber dass jetzt sogar beim Sankt Martinszug in seinem kleinen Dorf die Straßen durch Barrikaden abgesperrt wurden irritierte nicht nur Mats, sondern auch viele andere Dorfbewohner. Gab es etwa konkrete Anzeichen für einen bevorstehenden Anschlag? Oder war es wirklich nur übertriebene Vorsicht der Behörden?

Jedenfalls war das Thema auch im Vorfeld bereits sehr intensiv diskutiert worden. In der Politik, wie auch an den Stammtischen. Die geforderten Maßnahmen hatten sogar fast zu einer Absage geführt, weil das örtliche Martinskomitee sich nicht in der Lage sah, die Auflagen mit den zur Verfügung stehenden Mitteln zu erfüllen.

Erst das Einlenken durch den Stadtrat mit der Zusage, die entstehenden zusätzlichen Kosten zu tragen, führte dazu, dass der Zug auch in diesem Jahr stattfinden konnte und die Kinder ihre tollen Laternen nicht umsonst gebastelt hatten. Und so suchte sich das lange Band der stolzen Kinder mit ihren bunten selbst gebastelten Fackeln seinen Weg durch die dunklen Straßen.

Die Mitte des Zuges bog bereits um die Ecke von der Hauptstraße zum Marktplatz, an der auch Mats stand, um sich das Schauspiel anzusehen. Da die Hauptstraße die meistbefahrene Straße des Dorfes war, hatte man hier keine Betonblöcke aufgestellt. Man wollte den Durchgangsverkehr nicht zu lange behindern.

Die Straße sollte direkt nach dem Umzug wieder freigegeben werden. Sie wurde von drei Polizisten gesichert. Einer stand schon unten an der Ecke zur Landstraße, die beiden anderen saßen in ihrem Fahrzeug, mit dem sie die Straße versperrt hatten. Mats schaute sich suchend um, aber die Frauen waren noch nicht zusehen. Anscheinend war es sehr voll am Glühweinstand oder sie hatten noch jemanden getroffen und waren auf dem Markt stehen geblieben.

Wie aus dem Nichts kam plötzlich ein Wagen mit quietschenden Reifen um die Kurve unten an der Landstraße und eine Sekunde später flog der Polizist, der dort gestanden hatte, durch die Luft. Der schwarze Van setzte seine Fahrt unbeirrt in Richtung Straßensperre fort. Wenige Sekunden später krachte er in den Streifenwagen, der als Absperrung diente. Er verkeilte sich allerdings bei diesem Manöver darin, sodass er ihn nicht ganz zur Seite schob, sondern erst zurücksetzen musste, um seine Fahrt fortzusetzen.

Die Menschen, die in unmittelbarer Nähe des Polizeiwagen gestanden hatten schrien vor Entsetzen auf. Einige rannten sofort weg um sich in Sicherheit zu bringen. Aber was hatte der Fahrer vor? Wollte er etwa zurücksetzen um dann in die Menge zu fahren?

Erst jetzt merkte Mats, dass er seine Steinschleuder in der Hand hielt und bereits eine der Kugeln, die er als Geschosse zum Üben verwendet hatte, in der anderen. Ohne nachzudenken und wie in Trance spannte er das Gummi und zielte auf das Auto.

In der nächsten Sekunde zerbarst die Seitenscheibe des Vans und Mats erstarrte vor Entsetzten. Er hatte zwar schon oft mit der Steinschleuder im Garten Zielübungen gemacht, aber immer nur auf größere Entfernungen und auf Bierdeckel oder Steine. Jetzt war er nur etwas mehr als vielleicht fünf Meter von seinem Ziel entfernt gewesen.

Die Wucht des Schusses erschreckte Mats zu Tode. Die Kugel hatte nicht nur die Seitenscheibe zerbersten lassen, sie hatte den Attentäter genau an der Schläfe getroffen. Hier war nun ein großes blutiges Loch zu sehen. Der Attentäter hing leblos in seinem Sitz.

In diesem Augenblick fiel ihm das Chaos auf, welches um ihn herum ausgebrochen war. Kinder schrien laut, verzweifelte Eltern suchten nach ihren Kindern und schrien ebenfalls deren Namen. Die Menge stob auseinander. Einer der beiden Polizisten kam schwerfällig aus seinem Auto. Er war offensichtlich verletzt und sah sich ungläubig um.

Mats stand wie angewurzelt da, unfähig sich zu bewegen oder einen klaren Gedanken zu fassen. Er spürte eine Hand auf seiner Schulter und zuckte zusammen. Es war sein Freund Stefan. „Du hast ihn erschossen“, sagte er „Du hast die Kinder vor einer Katastrophe bewahrt. Aber womit hast du geschossen?“ Mats hob völlig abwesend die Steinschleuder hoch, um sie Stefan zu zeigen. Er war nicht fähig, einen klaren Gedanken zu fassen oder zu antworten.

Jetzt kam auch der Polizist dazu. „Was ist passiert?“, fragte er und folgte Mats starrem Blick, der immer noch auf den Attentäter gerichtet war. „Was… haben Sie getan?“, fragte er schockiert. „Sie haben den Mann getötet und er hat dann unseren Streifenwagen gerammt. Oh mein Gott – mein Kollege sitz noch da drin. Wir brauchen einen Rettungswagen.“ „Der ist schon unterwegs“, sagte Stefan. „Aber ich glaube es war eher umgekehrt. Zuerst hat der Wagen Sie gerammt und dann wurde der Attentäter erschossen.“
Ohne weiter zu fragen drehte sich der Polizist zum Streifenwagen herum, um nach seinem Kollegen zu sehen. Dort waren allerdings schon zwei Sanitäter angekommen, die sich um ihn kümmerten. Also ging er zum Wagen des Attentäters und schaute hinein. Die Kugel hatte ihm die Schläfe zertrümmert. Ihm war nicht mehr zu helfen. Er musste auf der Stelle tot gewesen sein.

Zwei weitere Beamte kamen herbeigeeilt. Sie hatten von dem Vorfall gehört und die aufkommende Panik unter den Zuschauern bemerkt. Als Sie die Situation erkannten, griffen sie unwillkürlich an ihre Waffen. „Was ist hier passiert?“, fragte einer. „Wir müssen ihn verhaften“, sagte der erste

Beamte und zeigte in Mats‘ Richtung. „Er hat den Mann hier erschossen. Warum ist noch unklar. Bringt ihn erstmal von hier weg.“ Zwei Polizisten traten auf Mats zu und packten ihn am Arm. „Was soll das?“, fragte Mats‘ Freund Stefan den Beamten. „Dieser Mann hat uns alle hier vor einem schlimmen Attentat mit vielen Toten bewahrt – und Sie nehmen ihn fest? Wollen Sie sich nicht zuerst einmal um ihren Kollegen weiter unten an der Straße kümmern? Ich glaube der wurde ebenfalls von dem Attentäter gerammt.“

Erst jetzt bemerkte der Polizist aus dem Auto, dass sein dritter Kollege noch nicht am Tatort eingetroffen war. „Ach du Scheiße“, sagte er und lief los. Der Polizist, der unten an der Landstraße gestanden hatte, lag leblos am Boden. Der Wagen hatte ihn mit voller Wucht getroffen. Er musste auf der Stelle tot gewesen sein.

„Wir werden Sie trotzdem erstmal ins Präsidium bringen“, sagte einer der beiden herbeigeeilten Polizisten zu Mats. „Und Sie kommen bitte ebenfalls mit. Wir brauchen Ihre Aussage als Zeuge“, fügte er in Stefans Richtung hinzu.

Blaulicht durchzuckte die Straßen des eigentlich so ruhigen Ortes und ein Rettungswagen kam mit heulender Sirene näher. Von überall her schienen jetzt Einsatzfahrzeuge der Polizei und Rettungskräfte zu kommen. Schnell hatte die Kunde von dem Vorfall die Runde gemacht. Die Straßen leerten sich danach zügig. Die Menschen hatten sich und ihre Kinder schnell in Sicherheit gebracht, als sie gesehen oder von anderen gehört hatten, was passiert war.

Mats wurde in einen Streifenwagen gesetzt. ‚Aufwachen!' dachte er sich ‚Ich muss jetzt aufwachen. Das kann nur ein schlechter Traum sein'. Er schien unter Schock zu stehen und hatte bisher noch kein Wort gesagt, seit er seine Steinschleuder abgefeuert hatte. Er sah noch, dass auch Stefan zu einem Streifenwagen gebracht wurde, dann fuhren sie mit ihm los.

Wo ist Mats?

Sie hatte sich schon lange auf diesen Abend gefreut. Sie und ihr Mann Mats wollten mit den Kindern zum Martinszug gehen. Sie würden endlich ein paar Freunde treffen, die sie schon länger nicht gesehen hatten, gemeinsam Glühwein trinken und sich ein wenig unterhalten können. Frida war im Nachbardorf aufgewachsen, aber sie war, ebenso wie Mats, durch und durch ein Dorfkind. Sie konnte es sich nicht vorstellen, in der Stadt zu wohnen. Sie liebte das Leben auf dem Land. Hier konnte man noch die Natur genießen und die Leute waren ihrer Meinung nach grundsätzlich entspannter, als viele Leute in der Stadt. Man war einfach nicht so gestresst.

In den vergangenen Tagen hatte sie mit den Kindern die Fackeln gebastelt und dabei Martinslieder einstudiert. Besonders die kleine Anna hatte ihre Freude daran gehabt, obwohl sie noch kein Wort verstehen konnte von dem, was in den Liedern vorkam. Aber sie hatte immer wieder laut mitgeplappert, wenn Frida mit ihrer ältesten Tochter Klara die alten Lieder gesungen hatte. Die drei hatten sehr viel Spaß dabei und viel gelacht.

Klara war sehr eifrig beim Basteln. Alle Teile der Fackel wurden sorgfältig ausgeschnitten, bemalt und geklebt. Die Fackel sollte die Geschichte vom St. Martin in vier Bildern widerspiegeln. Die Bilder hatte sie selbst auf bunte Pergamentblätter gemalt. Sie bildeten die Seiten, durch die das Licht dann im Dunkeln leuchten sollte. Für die Erwachsenen bedarf es einiger Erklärungen, was es denn mit den Bildern auf sich hatte.

Aber mit der Fantasie einer Sechsjährigen war es ganz klar, dass sie die Geschichte des heiligen Sankt Martin darstellten, wie er seinen Mantel mit dem Bettler teilte. Ganz genau so, wie es in der alten christlichen Sage erzählt wird. Die Bastelarbeit für die Fackel der kleinen Anna hatte Frida übernommen. Schließlich sollte auch ihr Kinderwagen am Martinsabend mit einer Fackel ausgestattet werden. So machten es die meisten Eltern aus dem Dorf, wenn ihre Kinder noch zu klein waren, um selbst eine Fackel zu basteln.

Jetzt waren sie gemeinsam auf dem Weg zum Umzug und genossen es, wie viele der Häuser in ihrem Dorf geschmückt waren. Viele Leute hatten ihre Fenster mit Kerzen oder Fackeln beleuchtet oder ganze Reihen von Fackeln mit einer Leine an den Hauswänden aufgehängt. In den Vorgärten waren unzählige Fackeln an den Bäumen und Sträuchern angebracht. Frida mochte diesen Brauch und hatte bereits in ihrer Kindheit gerne die Fackeln gebastelt und die alten Lieder gesungen. Sie wurde immer ein wenig sentimental dabei und ein Gefühl der Geborgenheit breitete sich in ihrem Körper aus.

Es war mittlerweile dunkel geworden, als Frida und Mats zusammen mit Freunden am Straßenrand standen und aus der Ferne Musik hörten. Es ging also los. Sankt Martin kam auf seinem Pferd von zwei Pagen geführt und in Begleitung des örtlichen Musikvereins herbei geritten. Der Platz wurde von Pechfackeln in ein magisches rotes Licht getaucht und es sah aus, als käme die Gruppe direkt aus diesem Licht hervor. Als Kind hatte sie geglaubt, dass es wirklich so gewesen wäre, wie man ihr damals erzählt hatte, und Sankt Martin wäre direkt aus dem Himmel zu den Kindern herabgestiegen, um mit ihnen gemeinsam durch das Dorf zu ziehen und ihnen dabei zu erklären, wie wichtig es ist, seinen Wohlstand mit anderen zu teilen. Später wusste sie dann, dass das Ganze nur ein Schauspiel war und machte sich über die kleinen Kinder lustig, die an diese Geschichte glaubten.

Heute fand sie es einfach schön, wie die Gesichter der Kinder im Angesicht dieses Schauspiels strahlten und wie sie dabei aus voller Brust die Lieder zu der Geschichte sangen. Sie wurde dabei jedes Mal ein bisschen wehmütig und fühlte sich in ihre eigene Kindheit zurückversetzt. ‚Wie unbekümmert ich damals noch war', dachte sie sich.

Die Kinder freuten sich schon jetzt auf die vollgefüllte Tüte, die Sankt Martin am Ende des Umzuges als Symbol des Teilens für jedes Kind dalassen würde. Diese Tüten wurden in jedem Jahr von einem Team an Freiwilligen aus Spenden zusammengestellt. Auch in diesem Jahr waren sie wieder mit Äpfeln, Nüssen und vor allem mit viel Schokolade und anderen Süßigkeiten gefüllt. Die Kinder würden ihre helle Freude daran haben. Hier zeigte sich, dass in ihrem Dorf die Gemeinschaft noch sehr gut funktionierte. Viele Sponsoren fanden sich in jedem Jahr, um für die Tüten zu spenden, obwohl ihre Namen dabei ungenannt blieben. In den Wochen zuvor waren die Helfer auch von Haus zu Haus gezogen und hatten um eine Spende für die Tüten gebeten. Die bis zum Rand gefüllten Tüten für jedes der Kinder spiegelten dabei die Spendenbereitschaft der Dorfbewohner wider.

Der Zug war an ihnen vorbeigezogen und hinter der nächsten Kreuzung verschwunden. Man hörte lediglich noch aus der

Ferne die Musik und das Singen der Kinder. Sie hatten jetzt ein wenig Zeit, bis sich der Zug von der anderen Seite her wieder an ihnen vorbei bewegen würde.

Stefans Frau Vera schlug vor, Glühwein zu holen. Es war sehr frisch geworden an diesem Novemberabend. Also gingen sie los zum extra für die frierenden Eltern aufgebauten Stand mit den Heißgetränken.

Es gab eine längere Schlange. Anscheinend hatten alle die gleiche Idee. ‚Kein Wunder bei der Kälte', dachte sich Frida. Da sie und Vera aber eigentlich alle aus der Gruppe der Wartenden kannten, nutzten sie die Zeit, um sich zu unterhalten. So verging die Wartezeit sehr schnell. Frida war fast an der Reihe, als sie bemerkte, dass der Zug schon wieder angekommen war und gerade um die Ecke zu ihnen auf den Kirchplatz einbog.

Plötzlich kam aber Unruhe in den Reihen der Teilnehmer auf. Frida hatte ein komisches Geräusch gehört, welches aber im allgemeinen Geräuschpegel fast untergegangen war. Sie bemerkte, wie die Kinder und auch die anderen Teilnehmer des Umzuges plötzlich anfingen zu rennen. Die Unruhe wurde immer größer und sie bekam Angst. Ihr Blick suchte nach Klara, die sich ja unter den Teilnehmern befinden musste. Aber sie konnte sie nirgendwo entdecken. Also lief sie mit dem Kinderwagen los und versuchte gegen den Strom der ihr entgegenkommenden Menge anzukämpfen.

Die kleine Anna fing an zu weinen. Sie hatte ebenfalls bemerkt, dass etwas nicht stimmte. Da entdeckte Frida Klara und rief laut ihren Namen. Aber Klara konnte sie nicht hören in der allgemeinen Unruhe. Glücklicherweise bewegte sie sich aber mit dem Strom der anderen auf Frida und Anna zu. Frida winkte mit den Armen und jetzt sah Klara sie. Sie kam zu ihr und die Angst stand ihr ins Gesicht geschrieben.

„Was ist passiert?“, fragte Frida. „Ich weiß es nicht genau, aber da war so ein Auto...das ist voll in den Polizeiwagen geknallt.“ Sie weinte.

‚Wo ist Mats?‘ schoss es Frida durch den Kopf. „Wir müssen Papa suchen!“, sagte sie und wollte mit der Großen an der Hand und dem Kinderwagen an der anderen los, um ihn zu suchen. Aber es war unmöglich, so gegen die ihr entgegen strömende Menge anzukommen.

„Gehen Sie ruhig und ohne Panik nach Hause! Die Lage ist unter Kontrolle.“ Sie hörte die Durchsage aus dem Lautsprecher von einem der Polizeiwagen. Diese Aussage beunruhigte sie nur noch mehr. Es war also nicht nur einfach ein Unfall. Wenn ‘die Lage unter Kontrolle war‘ dann musste etwas Anderes dahinterstecken. Aber wo blieb Mats? Warum kam er nicht mit den anderen in ihre Richtung?

Innerhalb kürzester Zeit war der Platz leer. Alle Menschen waren so schnell sie nur konnten in ihren Häusern verschwunden oder in ihre Autos gestiegen und waren nach Hause gefahren. Frida versuchte Mats zu finden, aber es war hoffnungslos. Mittlerweile waren fast nur noch Polizisten zu sehen. Die Stelle, an der sie noch vor wenigen Minuten mit Mats zusammengestanden hatte, war weiträumig abgesperrt. Es gab kein Durchkommen dorthin und die Beamten wollten keine Auskunft darüber geben, was genau passiert war. Sie wiesen Frida ziemlich schroff ab und empfahlen ihr, schnellstmöglich mit ihren Kindern nach Hause zu gehen. Sie sah keine andere Möglichkeit, als diese Anweisung zu befolgen. Vielleicht war Mats ja in der Zwischenzeit auch nach Hause gegangen und wartete dort bereits auf sie.

Klara zog an ihrem rechten Arm und die kleine Anna weinte auf ihrem linken. „Mama, ich will nach Hause. Ich habe Angst!“, flehte Klara sie an. „Ja mein Schatz, wir gehen jetzt schnell nach Hause.“

Zuhause angekommen öffnete sie die Tür und rief im selben Moment seinen Namen in die Wohnung „Mats! Bist du da?“ Keine Antwort. Das konnte nicht sein! Warum war er nicht zu Hause? Und wo war er?
Sie hatte schon mehrfach versucht, ihn auf dem Handy zu erreichen, aber er war nicht ran gegangen. Jetzt versuchte sie es bei Stefan. Der hatte doch an derselben Stelle gestanden wie Mats. Aber auch Stefan ging nicht an sein Handy. Sie rief Vera, Stefans Frau an. „Hallo? Frida? Bist du das?“ Wenigstens sie ging ran. „Ja – ich bin es. Weißt du wo Mats und Stefan sind? Ist den beiden etwas passiert?“, fragte sie. „Nein, passiert ist den beiden nichts…“. ‚Na Gott sei Dank‘, dachte Frida. „Sind sie bei dir?“, unterbrach sie Vera. „Warum meldet sich Mats nicht bei mir? Was denkt der sich eigentlich. Ich mache mir große Sorgen!“ Sie war wütend. „Nein, die beiden sind nicht hier. Sie wurden nach dem Anschlag von der Polizei mitgenommen. Ich weiß auch nicht warum. Stefan meldet sich auch nicht bei mir.“ „Was genau ist denn passiert? Hast du etwas gesehen? Du warst doch eigentlich bei mir, oder?“ Die Fragen sprudelten nur so aus ihr heraus.

Sie hatte die kleine Anna auf den Teppich gesetzt und Klara gesagt, dass sie ein wenig mit ihr spielen sollte. Aber die Kinder merkten schnell, dass etwas nicht stimmte. Anna weinte schon wieder und Klara versuchte ein wenig unbeholfen sie zu trösten, schaute dabei aber immer wieder Hilfe suchend zu Frida hinüber.

„Ich bin gleich zu der Stelle hingelaufen, aus der der Krach kam. Ich habe noch gesehen, wie die Polizisten Stefan und Mats in die Wagen gesetzt haben und abgefahren sind. Anscheinend gab es einen Anschlag auf den Umzug. Jemand ist mit einem Auto in den Polizeiwagen gefahren, der den Zug abgesichert hat. Mehr weiß ich auch nicht, weil plötzlich alle schnell weggelaufen sind, um sich in Sicherheit zu bringen. Und die Polizei wollte mir keine Auskunft geben. Ich habe dich dann auch nirgendwo mehr gesehen und bin nach Hause."

Anna weinte jetzt lauter und Frida konnte die letzten Worte von Vera kaum verstehen. „Ich muss Schluss machen!", sagte sie zu ihrer Freundin. „Ja – ich höre es bis hier", war die knappe Meldung von Vera. „Ich melde mich sobald ich etwas weiß", sagte sie und legte auf.

Frida beruhigte die kleine Anna und brachte dann beide Kinder ins Bett. Klara umarmte sie und wollte sie gar nicht wieder loslassen. „Wann kommt Papa nach Hause?", fragte wie mit zittriger Stimme. „Morgen früh ist er wieder da. Schlaf jetzt meine Große", versuchte Frida sie zu beruhigen. Sie hoffte, dass es wirklich so kommen würde und Mats nach seiner Aussage bei der Polizei sofort wieder nach Hause kam.

Sie wurde vom Klingeln ihres Handys wach. Es war Stefan. „Was ist los? Ist Mats bei dir?", überfiel sie ihn. „Nein – leider nicht. Frida – die haben mich befragt, aber sie haben Mats erstmal dabehalten. Er hatte seine Steinschleuder mit. Damit hat er wohl den Attentäter erschossen und uns alle vor

Schlimmerem bewahrt. Aber die Polizei glaubt, dass es anders war. Sie denken Mats hat zuerst geschossen und dadurch wäre der Unfall erst passiert.

Die geben Mats die Schuld an dem Unfall!" Sie war sofort hellwach. Mats sollte schuld sein an dem Ganzen? Nein – das konnte nicht sein. Es zog ihr den Boden unter den Füßen weg. Sie schaute auf die Uhr. Es war bereits vier Uhr morgens. „Kannst du kommen?", fragte sie Stefan. „Nein – tut mir leid, ich muss erstmal zu Vera. Ich war noch gar nicht zu Hause", antwortete er. „Ich komme morgen Früh vorbei, sobald ich es schaffe." „Ok...ja natürlich", sagte sie abwesend und legte auf.

Erst jetzt bemerkte sie, dass sie noch gar nicht im Bett gewesen war. Sie war auf dem Sofa eingeschlafen, bis Stefan sie mit seinem Anruf geweckt hatte. Sie ging ins Bad, zog sich um und legte sich ins Bett. Aber sie bekam kein Auge mehr zu. Ihre Gedanken kreisten um den gestrigen Abend. Immer und immer wieder zermarterte sie sich den Kopf, was genau geschehen sein könnte. Aber es war sinnlos, sie hatte einfach zu wenig Informationen.

Verzweiflung

Irgendwann hörte sie den Briefkasten klappern. Das war der Zeitungsbote. Dann musste es also sechs Uhr sein. Er kam immer um die gleiche Zeit. Sie stand auf, denn an Schlaf war sowieso nicht zu denken. Sie ging zum Briefkasten und nahm die Zeitung heraus. In der Küche brühte sie sich einen Kaffee auf und setzte sich an den Tisch.

„'Verhaftung nach vereiteltem Attentat' – wenn ich das so lese, hört es sich ja so an, als wäre Mats der Täter!", empörte sich Frida. „Das kann doch alles nicht wahr sein. Dabei war ich nur kurz Glühwein holen." Sie hatte am Glühweinstand noch kurz mit ihrer Freundin Vera und ein paar anderen Bekannten gesprochen. In der Zwischenzeit war es passiert. Danach war sie durch das Chaos nicht mehr zu dem Platz zurückgekommen, an dem sie noch kurz vorher mit Mats gestanden hatten.

Nun hielt sie die Zeitung in der Hand mit der Überschrift, die ihr wie ein Stich ins Herz vorkam. Ihr Mann Mats war irgendwie an dem Attentat beteiligt und war in diesem Zusammenhang verhaftet worden. Aber sie wusste nicht, wie das alles zusammenpasste und es konnte ihr auch niemand etwas sagen. Es war wie verhext, keiner ihrer Freunde oder Bekannten hatte genau gesehen, was geschehen war. Alle hatten zu dem heranfahrenden Auto geschaut. Dann hatten sie Panik bekommen und waren ein paar Schritte vom Ort des Geschehens weg gegangen. Erst später hatten sie bemerkt, dass Mats verhaftet worden war. Stefan, Mats' bester Freund wollte sich erst später wieder melden. Auch Franz, ihr

Nachbar, hatte nicht mehr gesehen. „Jetzt reg dich nicht auf. Das wird sich alles sehr schnell aufklären. Du wirst sehen – der steht hier gleich auf der Matte und sagt, dass das alles nur ein Missverständnis war." „Nein – so lange kann ich nicht warten. Ich muss dahin", entgegnete Frida. Sie rief bei ihren Eltern an und erklärte, was geschehen war. Sie brauchte dringend jemanden, der auf die Kinder aufpasste. Ihre Eltern waren außer sich. Sie mochten Mats nicht besonders, weil er keinen festen Job hatte, wie sie sagten. Das Café akzeptieren sie nicht als Lebensgrundlage, es war für sie nur eine Träumerei. Aber wenn es ernst wurde, dann konnte sich Frida auf die beiden verlassen. Nach ausführlicher Erklärung fuhren sie direkt los. Sie würden in ungefähr zwanzig Minuten da sein.

Frida stand schon in der Haustür, als ihre Eltern ankamen. Sie hatte keine Lust, noch einmal alles zu erklären, also fing sie die beiden bereits mit dem Autoschlüssel in der Hand ab und ging ihnen auf der Auffahrt entgegen. „Die Kinder schlafen noch. Ich weiß nicht genau, wie lange ich weg bin", gab sie kurz zu Protokoll. Dann sprang sie ins Auto und fuhr los. Ihre Eltern hatten nicht den Hauch einer Chance, eine weitere Frage zu stellen.

Sie fuhr direkt zum Polizeipräsidium in der Nachbarstadt. Dort wurde sie abgewiesen. Man könne zu laufenden Ermittlungen nichts sagen. Und Mats sei sowieso nicht mehr da. Er war ins Untersuchungs-Gefängnis in der Kreisstadt gebracht worden, sagte man ihr. Aber sie bräuchte gar nicht erst dorthin fahren, denn einem Untersuchungshäftling sei der Empfang von Besuch, mit Ausnahme eines Anwaltes, nicht erlaubt. Sie wollte zunächst protestieren, aber sie merkte schnell, dass das keinen Sinn hatte.

Sie war nur im Eingangsbereich des Präsidiums. Dort ließ man sie nicht weiter. Das wurde ihr schnell klar, weshalb sie das Gebäude direkt wieder verließ.

Sie stand einfach da und starrte ins Leere. Sie war eigentlich eine sehr starke Frau, die so schnell nichts aus der Bahn werfen konnte, und mit ihren dreißig Jahren hatte sie auch schon einige Klippen in ihrem Leben bewältigt. Aber jetzt schien es ihr quasi den Boden unter den Füßen wegzuziehen. Sie unterdrückte die Tränen und setzte sich wieder ins Auto, brachte es aber noch nicht über sich, loszufahren.

Frida dachte noch einmal über den Zeitungsartikel nach. Einer der Polizisten, die im Auto gesessen hatten, war in der Nacht verstorben, hatte die Zeitung berichtet. Damit waren es jetzt zwei Tote. Man ging davon aus, dass Mats einen Autofahrer, der in Richtung Absperrung unterwegs war, mit seiner Steinschleuder erschossen hatte. Das Auto sollte dann den Polizeiwagen gerammt haben, in dem einer der beiden Polizisten ums Leben gekommen war.

Sie wollte gerade die Facebook-Nachrichten zu dem Vorfall von gestern Abend öffnen, als ihr Telefon klingelte. „Ja?“, sagte sie. „Stefan hier. Ich könnte jetzt vorbeikommen. Bist du zu Hause?“, fragte er. „Was ist passiert? Ich muss es genau wissen“, erwiderte Frida. „Ich bin noch am Polizeipräsidium, aber ich kann in zehn Minuten zu Hause sein.“ „Okay. Ich komme zu dir. “ Er legte auf und Frida fuhr los.

Stefan war ein sehr guter Freund der beiden. Er und Mats fuhren regelmäßig Touren mit ihren Mountainbikes durch die umliegenden Wälder. Die beiden kannten jeden Baum in der näheren Umgebung, scherzte Frida oft, wenn sie mal wieder besonders lange weg waren. Aber sie wusste, dass die beiden auch ab und an mal in einem Café in den Nachbardörfern einkehrten. Stefan war etwas kleiner als Mats, der mit seinen fast 190 cm sehr groß war. Durch ihr regelmäßiges Training waren die beiden ganz gut in Form.

Stefan war sicherlich der ehrgeizigere von beiden. Aber er verbrachte in seinem Job als IT-Spezialist für einen Lebensmittel-Großhändler auch viel Zeit im Büro. Stefan musste Mats häufig zum Sport überreden, weil dieser von der Arbeit im Café, bei der er den ganzen Tag auf den Beinen sein musste, am Abend schon mal eher dazu geneigt war, es sich auf dem Sofa gemütlich zu machen. Aber Stefan war da unerbittlich. Er duldete keine Ausrede und schon gar keine Absage, wenn die beiden zum gemeinsamen Training verabredet waren.

Es war typisch für ihn, dass er auch in der jetzigen Situation der erste war, um an Fridas Seite zu sein. Auf ihn war einfach immer Verlass. Genauso, wie er keine Ausreden beim Sport duldete, so war es auch für ihn selbstverständlich, Mats und Frida in jeder Situation als Freund zu unterstützen.

Als sie an ihrem Haus ankam, stand Stefan schon vor seinem Auto. „Lass uns rein gehen“, sagte sie zu ihm und schloss die Wohnungstür auf. „Erzähl“, sagte sie nur kurz, als sie die Treppe zu ihrer Wohnung hinaufstiegen, die sich über dem Café im Obergeschoss befand.

„Die haben das völlig falsch interpretiert", sagte Stefan. „Mats hatte seine Steinschleuder mit. Weißt du warum?", fragte er Frida. „Nein – ich wusste gar nicht, dass er sie in letzter Zeit überhaupt benutzt hat", antwortete sie. „Ich denke schon, dass er das gemacht hat", erwiderte Stefan. „Wir wollten einen kleinen Wettbewerb veranstalten nächste Woche. Franz, Andre, Heinz, Mats und ich. Ich denke er hat damit geübt. Aber warum er sie zum Martinszug mitgenommen hat, weiß ich wirklich nicht", schloss Stefan.

Fridas Eltern kamen dazu. Sie waren im Kinderzimmer gewesen, wollten aber jetzt mitbekommen, was Stefan zu sagen hatte. „Er war noch draußen, als wir aufgebrochen sind. Ich habe ihn gerufen und er war ein bisschen gestresst, weil er länger draußen war als geplant. Möglicherweise hat er dann die Schleuder einfach eingesteckt, weil er unter Zeitdruck war?" „Hm, das könnte möglich sein", überlegte Stefan.

„Für die Polizei war es die zentrale Frage: Warum hat er die Steinschleuder mit zum Martinszug genommen? Hat er etwas damit geplant?" „Nein!" Frida schrie ihn fast an und bemerkte im selben Augenblick, dass er ja nicht derjenige war, der diese Frage stellte. „Tut mir leid", sagte sie, „aber ich bin total durch den Wind. Dass er diese Tat geplant haben soll ist doch einfach nur absurd, oder?", fragte sie. „Natürlich! Dazu wäre er niemals im Stande!" Stefan war absolut überzeugt davon, dass es so war, wie sie angenommen hatten und Mats die Schleuder nur eingesteckt hatte, weil er unter Zeitdruck gestanden hatte, als Frida ihn rief. „Aber sie glauben, dass Mats derjenige war, der zunächst den Attentäter erschossen hat. Laut ihren Recherchen ist der dann in den Polizeiwagen gerast, weil der Fahrer durch den Schuss die Kontrolle über sein Fahrzeug verloren hat. Ich habe sie bestimmt zehnmal gefragt, wie sie sich den angefahrenen Polizisten unten an der Ecke erklären wollen.“ Stefan klang ein wenig verzweifelt. „Warum hat er zuerst den umgefahren und ist dann mit vollem Tempo auf den Zug zugerast? Das habe ich die ganze Zeit versucht denen zu erklären. Aber sie haben nur gesagt, dass sie es nochmal überprüfen wollen. Allerdings sei die Spurensicherung am Tatort zu einem anderen Ergebnis gekommen.“ Stefan wurde wütend, während er davon erzählte, wie die Polizei seine Aussage seiner Meinung nach nicht ernst nahm.

„Das kann alles nicht wahr sein!“ Frida kamen die Tränen. „Das muss ein schrecklicher Traum sein! Ich will endlich aufwachen. Weck mich auf!“ Sie schrie Stefan wieder an und er nahm sie in seine Arme um sie zu beruhigen. „Ich kann es auch nicht fassen, aber ich bin sicher, es klärt sich alles auf! Und ich habe auch schon eine Idee“, sagte Stefan. „Wenn die mich nicht anhören wollen, dann werde ich meine Aussage eben öffentlich machen. Ich werde den genauen Hergang in den sozialen Medien veröffentlichen. Da wird es die Polizei dann auch lesen können. Mal sehen ob sie danach ihre Meinung ändern.“

Vernehmung

„Die Polizei hat den Vorfall in einer völlig falschen Reihenfolge wiedergegeben“, sagte Mats zu Herrn Stelberg, seinem Anwalt. Er hatte zum Glück eine Rechtschutz-Versicherung, die ihm auf seine Anfrage hin sofort einen Anwalt in die Untersuchungs-Haft geschickt hatte. „Ich habe erst geschossen, als der Wagen bereits in dem Polizeiauto verkeilt war. Deshalb habe ich den Typen ja auch an der Schläfe getroffen. Das hätte wohl kaum funktioniert, wenn ich von vorne geschossen hätte. Außerdem hat er vorher den Polizisten unten an der Landstraße weggerammt. Der wollte da mitten reinfahren!“ Mats schrie fast vor Erregung. „Jetzt mal ganz ruhig. Wir müssen den Fall von vorne bis hinten durchgehen, jedes Detail ist wichtig.“ „Wie soll ich denn dabei ruhig bleiben? Die haben mich die ganze Nacht lang verhört und immer wieder das Gleiche gefragt. Ich kann nicht mehr. Ich bin müde!“

Mats war tatsächlich die ganze Nacht lang, immer wieder von zwei Beamten verhört worden. Einer der beiden, ein Hauptkommissar Sharin, war dabei sehr hartnäckig und in Mats Augen sehr aggressiv ihm gegenüber aufgetreten. „Warum haben Sie geschossen? Wo hatten sie die Schleuder her?“, hatte er immer wieder gefragt. Mats kam er dabei fast schon ein bisschen hysterisch vor. Der andere, ein Hauptkommissar Mertens, machte auf Mats den Eindruck, dass er ihm seine Geschichte glaubte. Bei ihm sah Mats fast ein wenig Bewunderung für das, was er getan hatte. Jetzt konnte er kaum noch die Augen aufhalten.

Es hatte bis zum Morgen gedauert, bis sein Anwalt da war. Man hatte ihn in der Nacht nicht erreichen können.

Die Kommissare hatten in der Zeit versucht, ihre Chance zu nutzen und ihren Hauptverdächtigen mächtig unter Druck gesetzt. Der Schlafentzug sollte dabei helfen, dass er sich möglicherweise in Widersprüche verstrickte. Aber das war nicht geschehen – schließlich sagte Mats die Wahrheit. Jetzt war sein Anwalt endlich da und die beiden konnten zunächst ein Gespräch unter vier Augen führen. Stelberg hatte die Beamten erbost aus dem Raum geschickt und ihnen klar zu verstehen gegeben, dass ihr Verhalten in der Nacht nicht korrekt gewesen war. Kleinlaut hatten sie daraufhin den Raum verlassen.

„Kann ich meine Frau anrufen? Sie macht sich bestimmt große Sorgen. Die haben mir mein Handy abgenommen. Ich muss ihr doch wenigstens Bescheid sagen, dass es mir gut geht! Und was ist mit den Kindern? Ist alles gut bei ihnen? Die müssen mich doch wenigstens telefonieren lassen!" Mats war außer sich.

„Leider ist es Ihnen im Moment nicht erlaubt, Ihre Angehörigen anzurufen. Aber ich kann das natürlich für Sie übernehmen", antwortete Stelberg. „Jetzt müssen wir aber zunächst einmal zusehen, dass wir ein genaues Bild von der Situation bekommen, damit wir für den Haftprüfungstermin morgen optimal vorbereitet sind. Die Staatsanwaltschaft geht davon aus, dass Sie zuerst den Mann im Auto erschossen haben, woraufhin dieser dann den Streifenwagen gerammt hat", begann Stelberg. „Und wie erklären sie sich den angefahrenen Polizisten unten an der Landstraße?", fragte

Mats erzürnt. „Das können sie nach dem aktuellen Stand der Ermittlungen noch nicht erklären“, antwortete Stelberg.

Aber bis morgen erhoffen sich die ermittelnden Beamten mehr zu wissen. Vor allem hoffen sie, dass Sie ihnen mehr zum Tathergang sagen können.“ „Ich habe denen bestimmt schon hundertmal alles erzählt. Was wollen die denn noch alles von mir?“ Verzweifelt lehnte er sich zurück und seufzte.

„Die Tatwaffe – warum hatten Sie die mit?“, fragte Stelberg. „Ich hatte keinen konkreten Grund dafür. Aber ganz falsch war es wohl nicht, oder?“ „Darum geht es nicht. Die werden Ihnen das als Vorsatz auslegen. So als hätten Sie geplant, auf jemanden zu schießen.“ „Dann müssen wir ihnen erklären, dass es so nicht war! Die müssen den Tathergang einfach besser rekonstruieren. Dann kommen die von alleine darauf!“ Mats war verzweifelt. Warum konnte die Polizei denn nicht herausfinden, was tatsächlich geschehen war?

„Ich habe vorher noch Zielübungen im Garten gemacht. Dabei habe ich irgendwie die Zeit vergessen. Dann rief meine Frau nach mir, dass wir losmüssen. Ich war ganz erschrocken, dass es schon so spät geworden war. Die Kinder waren bereits angezogen und hielten ihre Fackeln in der Hand. Sie wollten, dass ich sie ihnen anzünde und dann mussten wir auch direkt los. Ich habe wohl einfach unbewusst die Schleuder in die Tasche gesteckt. Wir sind, wie gesagt, ziemlich abrupt aufgebrochen. Ich habe erst unterwegs gemerkt, dass ich sie dabeihatte.“ „Das hört sich schlüssig an“, meinte Stelberg, „wir werden versuchen so zu argumentieren.“

Stelberg rief die Beamten wieder herein. „Also?“, fragte Hauptkommissar Mertens. „Wollen Sie nun etwas zum Tathergang sagen?“ Er war ein großer, schnauzbärtiger Mann Mitte Vierzig, der eine starke Autorität ausstrahlte.

In seiner Anwesenheit kam Mats sich sehr klein und schwach vor. Man traute sich kaum, ihm zu widersprechen. Daher war Mats froh, dass Stelberg die Antwort gab. „Mein Mandant hat Ihnen zum Tathergang alles gesagt, was er zu sagen hat. Die Steinschleuder hatte er bei sich, weil er zu Hause unter Zeitdruck geraten war und einfach vergessen hat sie abzulegen. Er hat sie unbewusst in seine Manteltasche gesteckt, als seine Frau ihn zur Eile rief. Das muss Ihnen zunächst reichen. So, und jetzt haben Sie ihn lange genug verhört! Sie sehen ja, dass mein Mandant Schlaf braucht. Ich fordere Sie hiermit auf, das Gespräch zu einem späteren Zeitpunkt weiter zu führen – aber in keinem Fall wird mein Mandant noch einmal ohne mich verhört! Ansonsten muss ich wirklich Beschwerde bei Ihren Vorgesetzten einreichen.“

Mertens zögerte kurz. Dann stand er ohne ein Wort auf und ging zur Tür. „Wir sehen uns morgen wieder!“, sagte er ohne sich umzudrehen. „Bringen Sie ihn in seine Zelle.“ Das war an den Beamten gerichtet, der die ganze Zeit an der Tür gestanden hatte.

„Danke“, konnte Mats nur hervorbringen. „Nicht dafür, das ist mein Job“, antwortete Stelberg. „Jetzt ruhen Sie sich erst einmal ein wenig aus. Ich werde am Nachmittag wiederkommen, dann besprechen wir die weitere Vorgehensweise.“

Mats wurde eine Zelle gebracht. Sie war sehr karg eingerichtet. Es gab an der linken Wand eine Pritsche, auf der man liegen und sitzen konnte. Darauf lag eine hellbraune Decke, von der Mats vermutete, dass sie bestimmt kratzen würde, ohne dass er sie dafür anfassen musste. Daneben lag ein kleines Kopfkissen mit einem hellblauen Bezug.

Er hatte die gleiche Farbe wie das Laken, welches über die Matratze gespannt war. Im hinteren Teil, vor dem kleinen Fenster, welches sich direkt unter der Decke befand, war eine Toilette mit einem kleinen Waschbecken daneben. Außer einem Handtuch und Toilettenpapier gab es keinerlei Utensilien.

Mats fragte sich, ob man ihm wohl noch Zahncreme und Brüste oder Seife bringen würde. Aber das war jetzt nicht sein Hauptproblem. Das Fenster konnte mit einer Kette, die an dem kleinen Hebel hing, gekippt werden. Es ließ nicht besonders viel Licht in die Zelle.

An der rechten Wand standen ein kleiner Tisch und davor ein sehr einfacher Stuhl. Hinter dem Tisch befand sich ein kleiner Schrank. ‚Na hoffentlich kommt es erst gar nicht so weit, dass ich da Sachen einräumen muss', dachte Mats. Er setzte sich auf die Pritsche und lehnte sich mit dem Rücken an die Wand. Immer und immer wieder tauchte die Szene von gestern Abend vor seinem Gesicht auf und immer wieder fragte sich Mats, was er hätte anders machen können. Was, wenn er die Steinschleuder nicht dabeigehabt hätte? Wären dann vielleicht viele der Menschen gestorben? Wie viele Kinder hätte der Attentäter womöglich getötet oder verletzt? Irgendwann schlief er einfach ein.

Er wurde durch ein lautes Klicken geweckt und schreckte hoch. Die Zellentür ging auf und ein Beamter stand darin. „Kommen Sie. Sie haben Besuch“, sagte er nur schroff. Mats musste sich erst einmal orientieren. Er war mitten aus dem Schlaf gerissen worden und wusste zunächst gar nicht, wo er war. Dann aber wurde im langsam wieder seine gesamte Situation klar.

„Wie spät ist es?“, fragte er. „Halb vier“, war die knappe Antwort. Mats stand auf und folgte dem Beamten in einen Raum in der Nähe der Zelle. Herr Stelberg saß dort und war in seine Unterlagen vertieft.

„Kommen Sie herein, setzen Sie sich!“, bat er Mats. Der Beamte bleib in der Tür stehen und versuchte möglichst unbeteiligt zu wirken. „Konnten Sie ein wenig schlafen?“, fragte Stelberg. „Ja – das konnte ich tatsächlich. Die Vorkommnisse von gestern Abend haben mich doch sehr geschafft. Irgendwann sind mir einfach die Augen zu gefallen“, antwortete Mats. „Das ist gut.“ Stelberg las dabei weiter in seinen Unterlagen. „Es gibt noch ein paar Ungereimtheiten“, begann er. „Wie Sie ja auch schon angemerkt hatten, ist der Beamte an der Landstraße bereits angefahren worden, bevor Sie den Fahrer mit der Steinschleuder überhaupt treffen konnten. Wie das zu der Vermutung passt, dass der Fahrer den Unfall verursacht hat, weil er von Ihnen getroffen wurde, kann sich die Polizei aktuell nicht erklären.“

„Aha! Sehen Sie. Wie ich gesagt habe!“, platzte es aus Mats heraus. „Ja, ich weiß. Das werden wir auch für unsere Argumentation nutzen“, gab Stelberg zurück. „Ich baue im Moment darauf, dass sich im Zuge der weiteren Ermittlungen weitere Erkenntnisse ergeben. Und wenn klar wird, dass Sie die Wahrheit sagen, dann gibt es keinen Grund mehr, Sie hier festzuhalten. Aber das kann natürlich ein bis zwei Tage dauern. Morgen um 14 Uhr soll jetzt erst einmal der Termin beim Haftrichter sein. Möglicherweise können wir ihn dann schon davon überzeugen, Sie auf freien Fuß zu setzen."

„Okay – ja das hoffe ich." Mats klang ein wenig verzweifelt. Er musste daran denken, was passieren würde, wenn sie den Haftrichter nicht von seiner Unschuld überzeugen könnten. „Gut", sagte Stelberg „dann sehen wir uns morgen. Ich komme Sie rechtzeitig abholen."

Freiheit

Stefans Bericht schlug in den sozialen Medien ein wie eine Bombe. Unzählige Male wurde die Meldung in den Stunden nach der Veröffentlichung gelesen. Die Kommentare häuften sich. Zunächst wurde kritisiert, dass es feige von Stefan sei, sich nicht bei der Polizei zu melden, aber als auch dem letzten klar wurde, dass er genau das versucht hatte und damit gescheitert war, schlug die Meinung um.

Der Zorn wendete sich nun gegen die Polizei und den Justiz-Apparat, die einem Zeugen, der sich zudem auch noch persönlich bei ihnen gemeldet hatte, nicht zuhörten. Das Ganze schaukelte sich innerhalb weniger Stunden dermaßen hoch, dass es nun bereits mehrere tausend Leser und mehrere hundert Kommentare gab.

Die Polizei meldete sich am Abend bei Stefan und bat ihn, nochmal wegen seiner Aussage ins Präsidium zu kommen. Danach begann man damit, den Fall neu zu rekonstruieren. Der angefahrene Polizist an der Landstraße passte nun ins Bild, genauso wie Mats Erklärungen. Endlich glaubte man seine Geschichte. Aber damit war es für ihn noch nicht vorbei, denn es lag keine eindeutige Notwehrsituation vor. Für die Polizei stellte sich immer noch die Frage, warum Mats bewaffnet zum Martinszug gegangen war. Und genau das konnte er nicht schlüssig erklären.

Der Haftprüfungstermin stand schließlich an. Sein Anwalt hatte der Staatsanwaltschaft und dem Haftprüfungsrichter bereits die Schilderungen von Mats vorgetragen, warum er die Steinschleuder mitgenommen hatte.

Danach, zusammen mit Stefans Aussage, kam man zu dem Schluss, dass es wohl jetzt nur noch um die Frage ging, ob es sich um Notwehr oder um einen fahrlässigen Totschlag handelte. Mats' Anwalt drängte nun darauf, dass man ihn unter diesen Voraussetzungen nicht länger festhalten könne. Daher hob der Staatsanwalt den Haftbefehl zunächst auf und Mats durfte das Gefängnis unter Auflagen verlassen.

Er wurde von einem Beamten direkt zur Entlassungsstelle gebracht. Hier gab man ihm seine persönlichen Sachen zurück, die man ihm bei der Einlieferung abgenommen hatte. Mats zog sich um und fühlte sich in seinen eigenen Sachen direkt viel wohler. Er gab dem Beamten die Häftlings-Uniform zurück. „Die brauche ich hoffentlich nie wieder", sagte er mit einem Schmunzeln. „Na da wäre ich mir nicht so sicher. Die meisten kommen irgendwann wieder. Wer einmal auf die schiefe Bahn geraten ist, kommt selten wieder davon los", entgegnete der Beamte kühl.

‚Der weiß zum Glück überhaupt nicht warum ich hier war, und dass ich unschuldig bin', dachte Mats ‚Aber was soll es. Den sehe ich hoffentlich auch nie wieder'. Der Beamte brachte ihn zum Ausgang, wo Mats noch die Entlassungspapiere unterschreiben musste. Dann öffnete sich eine kleine Tür in dem großen, eisernen Ausfahrts-Tor. Mats ging zusammen mit dem Beamten durch die Tür in eine Art Schleuse. Die Tür schloss sich hinter ihnen und sie durchquerten die Schleuse. Sie war so lang, dass ein großes Fahrzeug reinpasste, und von allen Seiten aus massivem Stahl. Auf der gegenüberliegenden Seite gab es eine weitere Tür. Diese öffnete sich automatisch, als sie nähertraten.

Als er durch die Tür ging, hörte er den Beamten sagen: „Auf Wiedersehen, aber hoffentlich nicht so schnell.“ Mats drehte sich nicht um und antwortete auch nicht. Er dachte sich nur, was für ein unsympathischer Mensch dieser Beamte war.

„Damit kommst du nicht durch!“ Wie aus dem Nichts stand plötzlich ein Mann neben Mats. Er hatte eine Mütze auf und darüber die Kapuze seiner Jacke. Außerdem trug er eine Sonnenbrille, obwohl die Sonne gar nicht schien, und er hatte den Kragen seiner Jacke bis über den Mund gezogen. Dadurch war sein Gesicht fast verdeckt. „Du hast meinen Bruder auf dem Gewissen – nur du alleine. Ohne dich wäre seine Aktion geglückt und diese Rassisten wären jetzt unschädlich gemacht. Ich weiß, dass du zu denen gehörst. Und ich werde euch jagen, bis ich euch alle zur Strecke gebracht habe.“

Mats sah ihn ungläubig an, unfähig auch nur ein Wort zu sagen. Im selben Augenblick war der Mann auch schon wieder verschwunden. Mats sah ihm nach. Er konnte nicht glauben, was gerade geschehen war.

Frida kam von der anderen Seite der Straße auf ihn zu gerannt und fiel ihm um den Hals, sodass Mats fast das Gleichgewicht verlor. „Ich liebe dich!“, sagte sie nur leise zu ihm und küsste ihn. „Ich bin so froh, dass sich alles aufgeklärt hat. Ich habe mir solche Sorgen um dich gemacht.“ Sie weinte. Mats spürte das ihre Wangen nass waren. Er drückte sie fest an sich. „Wer war das gerade?“, fragte sie. „Wenn ich das nur wüsste.“, antwortete Mats. Der Mann war ihm irgendwie bekannt vorgekommen, er hatte Ähnlichkeit mit einem Kommissar, den er während seiner Vernehmung im Polizeipräsidium gesehen hatte. Aber das konnte nicht sein.

“Der hat mir gedroht, weil ich angeblich seinen Bruder umgebracht habe. Das war irgendwie merkwürdig. Der hat mir richtig Angst gemacht“, sagte er. Frida wich erschrocken zurück. „Du musst zur Polizei und denen das sagen. Es sind bereits zwei Menschen ums Leben gekommen. Und wenn dieser Mann dir offen droht, dann müssen wir das sehr ernst nehmen!“
Sie hatte Recht. Aber was, wenn es wirklich ein Kommissar gewesen war? War dann die Polizei der richtige Ansprechpartner? „Ja“, antwortete er. „Aber lass uns erst mit dem Anwalt darüber reden. Ich habe so ein komisches Gefühl, dass der Typ selbst irgendeine Verbindung zur Polizei hat.“ „Oh mein Gott. Dann bist du erst recht in Gefahr.“ Sie gingen hinüber zu ihrem Wagen und stiegen ein. „Lass uns erstmal nach Hause fahren“, sagte Mats. „Von dort werde ich Herrn Stelberg anrufen und ihn fragen, was wir tun sollen.“

Zu Hause erwarteten sie bereits Fridas Eltern und die beiden Kinder. Klara kam sofort aus dem Haus gestürmt und fiel Mats um den Hals. „Papa“, hörte Mats Anna rufen. Gerda, seine Schwiegermutter hielt die Kleine auf dem Arm. Er nahm Klara hoch und ging zu ihnen rüber. „Schön, dass du wieder da bist“, sagte Gerda. „Danke“, entgegnete Mats nur.

Karl, Fridas Vater, war ebenfalls da. Er war Beamter in der Stadtverwaltung und stand kurz vor der Pensionierung, für die beiden war also quasi bis zum Lebensende alles geregelt. Festes, vorhersehbares Gehalt bis zur sicheren Pensionierung. Ihr Haus war bezahlt, sie fuhren jedes Jahr im Sommer zum Urlaub in die Berge, kurzum: Man wusste heute schon wie der kommende Tag, der kommende Monat und das kommende Jahr ablaufen würden.

Und das Gleiche galt für die darauffolgenden Jahre. Da Mats diese Einstellung der beiden kannte, konnte er es ihnen nicht einmal verübeln, dass sie nicht hundertprozentig glücklich mit der Wahl waren, die ihre Tochter getroffen hatte, als sie und Mats geheiratet hatten. Manchmal kamen ihnen abwertende Bemerkungen über das Café und die damit verbundene Arbeit über die Lippen. Daran konnte Mats spüren, dass sie sich immer noch nicht ganz damit abgefunden hatten. Aber sie bemerkten, wie glücklich die zwei miteinander waren und hatten sich über die Jahre damit arrangiert. Mittlerweile mochten sie es sogar, ab und zu im Café der beiden zu sitzen und dort mit den Gästen aus dem Dorf zu plaudern.

Sie waren sehr glücklich über die beiden Enkelkinder. Die beiden waren ihr Ein und Alles. Besonders Gerda hatte sich sehr gefreut, als Frida sie gefragt hatte, ob sie auf die Kleinen aufpassen könnte, wenn sie im Café aushalf. Die Kinder waren gerne bei den beiden und wurden dort immer sehr verwöhnt. Mats war froh, dass es so gut klappte. Jetzt hatten sie wieder einmal ausgeholfen und auf die Kinder aufgepasst.
Karl nickte ihm nur stumm zu und Mats umarmte ihn mit seinem freien Arm. Die beiden Männer sagten nichts. Das musste in diesem Moment auch nicht sein. Das stumme Nicken und die angedeutete Umarmung reichten aus. Außerdem hatte Mats ja noch Klara auf seinem anderen Arm und die kleine Anna beugte sich von Gerdas Arm so weit zu Mats hinüber, dass sie fast hinunterfiel. Mats nahm sie schnell auf seinen anderen Arm und sie gingen gemeinsam ins Haus. ‘Wie schön wir es doch hier haben‘, dachte Mats.

Nach all der Einöde in der Zelle der Untersuchungshaft kam ihm die Wohnung besonders warm und wohnlich vor, obwohl sich während der einen Nacht seiner Abwesenheit natürlich nicht wirklich etwas verändert hatte. Eigentlich hatte sich gar nichts verändert – außer seiner eigenen Wahrnehmung.

Neunzehnhundertvierundneunzig

Die Schulglocke läutete zur großen Pause. „Und bis zur nächsten Stunde bearbeitet ihr bitte die Aufgabe vier auf Seite sechsundneunzig im Arbeitsbuch." Der Lehrer der Klasse dreizehn der Gesamtschule musste schon ziemlich laut werden, um sich in der aufkommenden Unruhe noch Gehör zu verschaffen. Wenn die Pausenglocke läutete, dann waren die Schüler nicht mehr zu halten. Sie ließen einen nicht einmal den letzten Satz zu Ende bringen. Aber das war er mittlerweile gewohnt.

Die Schüler packten ihre Sachen zusammen und verließen den Klassenraum. Draußen auf dem Flur strömten aus allen Klassen die Schüler auf den Gang. Innerhalb von wenigen Sekunden war es voll geworden. Rainer Mertens und seine Freunde gingen gemeinsam die Treppe zur großen Pausenhalle herunter. „Da sind diese Kanaken wieder und machen sich an Silke ran." Rainer hatte ein Auge auf Silke geworfen. Sie war ein Mädchen aus der Parallelklasse. Er mochte es gar nicht, wenn andere Jungs mit ihr sprachen. Aber noch weniger mochte er es, wenn ausländische Mitschüler in ihre Nähe kamen. Er mochte grundsätzlich keine Ausländer.

Sein Vater sagte immer „Die kommen doch nur hierher um sich unser Geld einzustecken, die Schmarotzer. Bekommen doch alles in den Hintern geschoben, sobald sie über die Grenze kommen. Wir deutschen müssen schwer für unser Geld schuften, und dann sollen wir von unsern Steuern auch noch deren Wohlstand bezahlen."

Rainer war der gleichen Meinung. Er fand, dass man sie alle wieder nach Hause schicken sollte. Aber dass sie auch noch hier in seine Schule gingen, um ihm dann wohlmöglich später auch noch den Job streitig zu machen, das fand er absolut ungerecht. Sie gehörten seiner Meinung nach einfach nicht hierher. Deshalb war er ihnen gegenüber auch sehr oft aggressiv. Mehr als einmal hatte er sich schon mit einem von ihnen geprügelt. Rainer war sehr kräftig, und ging meistens als Sieger einer Prügelei hervor, aber er hatte sich auch schonmal eine blutige Lippe geholt dabei.
Das hatte seine Wut auf alle Ausländer aber nur noch verstärkt.

Meistens konnte er sich auf seine Freunde Georg und Mario verlassen. Die beiden waren ständig an seiner Seite, und machten alles, was Rainer ihnen sagte. Georg war etwas kleiner, aber sehr flink mit den Fäusten. Er war der klügere von den beiden. Mario war der stärkste Junge an der ganzen Schule. Dazu war er auch noch ziemlich brutal. Niemand wagte es sich mit ihm anzulegen. Zu dritt waren sie daher ihren Kontrahenten meistens überlegen.

Jetzt gingen sie direkt auf Silke und die beiden Jungen aus dem Kosovo zu, mit denen sie zusammenstand.
„Verpisst euch ihr Kanacken. Ich habe euch schon einmal gesagt, dass ihr sie nicht ansprechen sollt“, blaffte er die beiden an. „Rainer! Was soll das? Ich unterhalte mich mit wem ich will.“ Silke schaute ihm direkt in die Augen. Sie sah wütend aus, aber Rainer ignorierte das. „Was willst du mit denen? Die können ja nicht einmal richtig deutsch. Die sollen wieder dahin zurück gehen, wo sie hergekommen sind“, antwortete er.

„Es reicht!“, war die energische Antwort von Silke. „Wenn das deine Einstellung zu Menschen ist, die vor einem Krieg fliehen müssen, dann will ich nichts mit dir zu tun haben.“ Das saß. Rainer war zuerst kurz sprachlos. Dann konterte er: „Der Krieg ist doch dort lange vorbei. Warum gehen sie dann nicht zurück? Ich sag es dir. Weil sie sich an den Wohlstand hier bei uns gewöhnt haben, und ihn nicht mehr hergeben wollen.“
Silke war jetzt echt wütend. Ihre Mutter half dabei, Flüchtlingsunterkünfte einzurichten, damit sie hier einen guten Start vorfinden konnten. Meist waren die ankommenden traumatisiert von den Erlebnissen vor ihrer Flucht. Silke und ihre Mutter redeten oft darüber, wie schlimm es den Menschen in Krisengebieten erging. Deshalb hatte sie überhaupt kein Verständnis für die Einstellung von Rainer und seinen Freunden. Außerdem war sie enttäuscht darüber, dass er sich so aufspielte. Sie hatte ihn bisher eigentlich gemocht, und manchmal hatte sie ihm sogar schon nachgeschaut. Aber mit diesem Auftritt war er für sie gestorben.

„Geh bitte. Ich will dich nie wieder sehen“, zischte sie ihn an. „Mit Leuten wie dir will ich nichts zu tun haben.“ Sie drehte sich um und ging. Die beiden Jungen sahen ihr kurz staunend nach und wollten ihr folgen. Aber Georg und Mario hatten sich ihnen in den Weg gestellt. „Wir sind noch nicht fertig mit euch.“ Kaum hatte Georg es gesagt, da rammte Mario einem der beiden auch schon seine Faust in den Magen. Er sackte zusammen. Im selben Moment traf Georgs Faust mitten ins Gesicht des anderen Jungen. Er taumelte zurück direkt in die Arme von Rainer. Der drehte ihn nur um und versetzte ihm ebenfalls einen Faustschlag in den Magen.

Auch er sackte jetzt zusammen und beide lagen auf dem Boden.

Plötzlich stand Silke wieder vor Rainer und stieß ihn mit all ihrer Kraft zurück. „Seid ihr verrückt geworden?“, schrie sie die drei an. „Lasst sie in Ruhe.“ Rainer wich tatsächlich zurück. Er gab den anderen beiden ein Zeichen und sie wandten sich ohne ein weiteres Wort zum Gehen. Die beiden Jungen waren wieder auf den Beinen und hielten sich die Bäuche vor Schmerzen. Einer der beiden blutete aus der Nase. „Kommt“, sagte Silke zu ihnen. „Wir werden euch erst einmal verarzten.“

Als Rainer am Nachmittag nach Hause kam, stand sein Vater bereits in der Tür und erwartete ihn. „Was hast du dir dabei gedacht?“, herrschte er ihn ohne eine Begrüßung an. Rainer wusste sofort, dass die Schulleitung wegen der Prügelei bei seinem Vater angerufen haben musste. Es war nicht das erste Mal. Beim letzten Mal hatten sie sogar gedroht ihn von der Schule zu werfen, wenn er nochmal andere Schüler verprügeln, oder belästigen sollte.

„Weißt du eigentlich wie ich mich vor denen erniedrigen musste, damit sie dich nicht direkt von der Schule werfen?“ Rainer wollte wortlos an ihm vorbei gehen, aber als er etwa auf gleicher Höhe war gab sein Vater ihm einen heftigen Schlag auf den Hinterkopf. „Hörst du mir überhaupt zu?“, schrie er ihn dabei an. „Du willst doch unbedingt zur Polizei. Also nimm dich gefälligst zusammen und sieh zu, dass du dein Abitur schaffst. Wenn du in deinem Abschlusszeugnis einen Eintrag mit einem Schulverweis hast, dann kannst du das direkt vergessen mit der Aufnahme bei der Polizei.“

Rainer wusste nur zu genau, dass sein Vater Recht hatte, aber er hasste es, so von ihm erniedrigt zu werden. Und bei Diskussionen mit ihm zog man sowieso immer den Kürzeren. „Ist ja schon gut“, gab er daher nur kurz zurück. „Ich reiß mich bis zum Abi zusammen.“

Seinen Vater schien das zu beruhigen. „Mensch Junge,“ fuhr er fort, „das sind doch nur noch ein paar Monate. Und wenn du erst bei der Polizei bist und Kommissar wirst, dann kannst du denen viel einfacher zeigen, dass sie hier nichts verloren haben.“

Rainer wusste, dass sein Vater seine Aktion vom Vormittag eigentlich sogar befürwortete. Er wusste auch, dass sein Vater in einer geheimen Organisation tätig war, die ab und zu Aktionen gegen Ausländer durchführte. Daher war er sehr vorsichtig, um nicht aufzufallen. Und deswegen war er natürlich nicht besonders glücklich über solche Aktionen von seinem Sohn.

„Du hast Recht. Ich muss mich mehr im Griff haben. Aber Keppler und Brinker waren so schnell. Die haben einfach ohne Vorwarnung zugeschlagen, und mir diesen Typen direkt vor die Faust gestoßen. Das war einfach ein Reflex“, versuchte er sich zu entschuldigen.

„Die beiden sind einfach zu dumm“, sagte sein Vater, und legte dabei seinen Arm um Rainers Schulter. „Die werden es niemals schaffen die Leitung einer unsere Gruppen zu bekommen. Aber du hast das drauf. Du darfst es dir nur nicht mit solchen Aktionen versauen. Du musst die beiden besser unter Kontrolle bekommen.“

Eine merkwürdige Begegnung

Am nächsten Morgen rief Mats seinen Anwalt an, um ihn über den merkwürdigen Zwischenfall vor der JVA zu informieren. Er wählte seine Nummer und wartete kurz, dann nahm Stelberg ab. Mats erklärte ihm, was vorgefallen war und fragte, ob sie damit direkt zu Polizei gehen sollten oder lieber nicht. „Um Himmels willen!“, rief Stelberg aufgebracht. „Sie sind in Gefahr. Das müssen wir unbedingt sofort der Polizei mitteilen. Ich komme Sie in einer halben Stunde abholen. Öffnen Sie bis dahin niemand anderem die Tür!“

Eine halbe Stunde später war Stelberg da und sie fuhren gemeinsam zum Präsidium. Stelberg hatte anscheinend schon mit Kommissar Mertens telefoniert, der auch bereits die Vernehmung von Mats durchgeführt hatte. Mertens erwartete die beiden. Auf dem Weg in sein Büro kamen sie an verschiedenen anderen Büros vorbei. Mats schaute im Vorbeigehen auf die Namensschilder an den Türen. Plötzlich erstarrte er fast. Er blickte in das Büro hinein und sah in das Gesicht des Mannes, der ihn am Vormittag bedroht hatte. Im selben Moment wurde Mats klar, dass es derselbe Kommissar war, der ihm in der ersten Nacht während der Verhöre so zugesetzt hatte. Auch der andere blickte ihn direkt an. Es schien ihm, als hätte dieser sich mindestens genauso erschrocken wie er selbst. Er schaute auf das Schild neben der Bürotür ‘Kommissar Rahman Sharin‘ stand darauf. Mats lief ein kalter Schauer den Rücken herunter.

Ein paar Türen weiter erreichten sie Mertens Büro. Sie gingen hinein und Mats schloss sofort die Tür hinter sich.

„Was ist denn mit Ihnen geschehen?“, fragte Stelberg. „Sie sind ja genauso blass wie die Wand.“ Mats war unfähig etwas zu sagen. Der Schreck steckte ihm noch zu tief in den Gliedern. Er merkte, dass seine Knie zitterten. „Würden Sie die Tür bitte offenlassen! Wir haben hier nichts zu verbergen“, sagte Mertens im strengen Beamten-Ton. Es trat eine Pause ein. „Können wir die Tür zu lassen?“, fragte Mats. Seine Stimme klang ängstlich und war kaum mehr als ein Flüstern.

Es geht um eine etwas heikle Angelegenheit, die möglicherweise besser mit verschlossener Tür besprochen werden sollte“, sprang ihm Stelberg zur Seite. „Gut. Meinetwegen“, entgegnete Mertens. „Aber ich werde das Gespräch aufzeichnen! Das sollte Ihnen klar sein!“ „Ja, natürlich“ erwiderte Stelberg. „Worum geht es genau? Sie haben vorhin nur eine Andeutung gemacht, dass Ihr Mandant bedroht wird. Können Sie genauere Angaben zur Art und Zeit der Bedrohung machen?“

Stelberg sah Mats an. „Jetzt setzen Sie sich erstmal zu uns, Herr Norgren. Und dann erzählen Sie in aller Ruhe was passiert ist.“ Mats schilderte die Bedrohung vor dem Gefängnis vom Vormittag. Aber er überlegte, ob es klug wäre zu erwähnen, dass er den Mann, der ihn bedroht hatte, hier im Präsidium wiedererkannt hatte. Nur wenige Büros entfernt von demjenigen, in dem sie jetzt saßen. Konnte er Mertens vertrauen? Oder war er womöglich mit Sharin befreundet und würde ihm sofort alles erzählen. Dann wäre Mats erst recht in Gefahr. Er entschied sich, nichts davon zu sagen und schilderte nur was am Vormittag passiert war. Mertens hörte ohne weitere Nachfragen zu.

Als Mats mit seinen Schilderungen zu Ende war, dachte er kurz nach und erwiderte dann: „Wir sollten die Sache unbedingt ernst nehmen. Können Sie den Mann beschreiben und würden Sie ihn wiedererkennen?“ „Ja natürlich“, entgegnete Mats sofort. „Das ist gut. Dann können wir ein Phantombild erstellen lassen. Das hilft uns bei der Suche. Ich werde veranlassen, dass in nächster Zeit im Dorf und vor allem vor Ihrem Haus vermehrt Streife gefahren wird.“

Mertens schrieb noch ein Protokoll mit allen notwendigen Fakten und verwies darin auf die Aufnahme, die er vom Gespräch gemacht hatte. Danach begleitete er Mats ein Stockwerk tiefer zum Zeichner für die Phantombilder. Mats machte seine Angaben zum Aussehen der Person und das Bild sah Sharin am Ende wirklich sehr ähnlich. Aber es würde natürlich niemand darauf kommen, den Täter in Mitten der Polizei zu suchen. Stelberg und Mats verließen das Präsidium und Stelberg setzte Mats zu Hause ab.

Frida hatte ihn bereits erwartet. Ohne ein Wort nahm sie ihn in den Arm und sie gingen ins Wohnzimmer. Die Kinder waren bereits im Bett, aber Mats wollte trotzdem nachsehen, ob sie schliefen.

Er hatte ein komisches Gefühl.

Nein es war mehr.

Er hatte Angst!

Ein verräterisches Bild

Rahman Sharin saß auf seinem Stuhl und grübelte. Soeben war dieser Norgren zusammen mit seinem Anwalt und Hauptkommissar Mertens vorbeigekommen. Er war sich nicht sicher, ob er ihn erkannt hatte, aber die beiden hatten sich zumindest eine Sekunde lang direkt in die Augen gesehen. ‚Warum sollte er mich nicht erkannt haben, ich habe ihn schließlich auch erkannt', dachte er sich.

Durch diese Drohung vor dem Gefängnis hatte er sich selbst um den Vorteil des Überraschungseffektes gebracht. Nun wusste Norgren, dass er sich an ihm rächen wollte und würde vorsichtiger sein. Es war aber auch zu dumm von ihm gewesen ihn dort direkt anzusprechen. Aber die Situation kam einfach zu spontan und unverhofft und er hatte so eine Wut verspürt. Deshalb war er auf Norgren zugegangen und hatte ihm offen gedroht. Er sollte Angst haben! Im Nachhinein musste er sich eingestehen, dass dies wohl ein Fehler gewesen war. Jetzt konnte er nur hoffen, dass er ihn nicht bei Mertens anzeigen würde. In diesem Falle würde er alles leugnen und es als Verwechslung darstellen.

Aber Mertens würde die Gelegenheit nutzen und ihn bei seinem Vorgesetzten denunzieren. Zu oft hatte Mertens ihm in der Vergangenheit schon klargemacht, dass er ausländische Kollegen nicht in den Reihen der Polizei akzeptierte. Er hatte herausgefunden, dass sein Bruder eine deutsche Frau geheiratet hatte, um dadurch an eine unbefristete Aufenthaltsgenehmigung zu kommen. Rahman war ihm dabei behilflich gewesen.

Mertens und ein paar seiner Kollegen hatten ihn dazu aufgefordert, selbst den Polizeidienst zu quittieren, ansonsten würden sie dies seinem Vorgesetzten melden. Dann würde es ein internes Verfahren gegen ihn geben.

Rahman war bereits vor fast zwanzig Jahren nach Deutschland gekommen. Er hatte damals an der Universität in Tirana deutsch studiert und war nach einem Auslandssemester an der Universität in Düsseldorf direkt in Deutschland geblieben. Damals hatte er sehr schnell einen Job als Übersetzer bei der Polizei bekommen. Das fand er so spannend, dass er sich für den Polizeidienst bewarb, und genommen wurde. Dass dabei möglicherweise die Ausländerquote eine Rolle gespielt hatte, war ihm damals nicht bewusst gewesen.

Vor zwei Jahren war sein Bruder dann wegen seiner Aktivitäten gegen das Regime in Afghanistan zunächst verhaftet worden, aber nach einer Woche hatte man ihn wieder entlassen. Er hatte diese Gelegenheit genutzt um über den Kosovo nach Bosnien und schließlich nach Deutschland zu fliehen. Rahman hatte ihm ein Touristen Visum besorgt. Normalerweise wäre dies schwierig gewesen, aber weil er bei der Polizei arbeitete, hatte er das Visum für seinen Bruder bekommen. Mahir war im Gästezimmer eingezogen. Rahmans Frau, Maria war damals ziemlich sauer gewesen und sie hatten ziemlich lange gestritten deswegen. „Wie kannst du das nur riskieren?“, hatte sie damals gesagt. „Du hast deinen Bruder seit Jahren nicht gesehen. Wer weiß, was in der Zwischenzeit alles passiert ist. Vielleicht ist er ja auch gar nicht so unschuldig, wie er sagt. Vielleicht hat er sich tatsächlich strafbar gemacht und wird deswegen von der Polizei gesucht.“

Rahman war zutiefst getroffen von dieser Aussage. Das hätte er von Maria niemals erwartet. „Er ist mein Bruder", hatte er entgegnet. „Wie kannst du so über ihn reden?" „Rahman! Bitte!", entgegnete sie „Du setzt alles aufs Spiel, was du dir in den letzten Jahren erarbeitet hast. Für jemanden, den du seit Jahren nicht mehr gesehen hast."

Sie konnten bei dem Thema keine Einigung erzielen. Daher entschied sich Maria nach drei Wochen zunächst einmal zurück zu ihren Eltern nach Bayern zu ziehen. Ihre kleine Tochter, Eva nahm sie mit. Rahman war das ganz recht so. Er konnte sich dann in Ruhe um seinen Bruder kümmern und dafür sorgen, dass er dauerhaft in Deutschland bleiben konnte. Seine Tochter länger nicht zu sehen fiel ihm allerdings sehr schwer.

Das Touristen Visum war drei Monate gültig. Also hatten sie sich überlegt, wie es ihnen gelingen könnte, dass Mahir dauerhaft in Deutschland bleiben konnte. Rahman hatte durch seine Arbeit als Kommissar bei der Polizei natürlich keine Beziehungen in die kriminelle Szene. Man mied ihn dort. Auch weil sich Rahman als korrekter Polizist verstand, der nicht in die Abhängigkeit der kriminellen Szene geraten wollte.

Aber bei Mahir war das anders. Er war sehr schnell mit anderen Albanern in Kontakt geraten. Diese hatten ihn dann auf die Idee gebracht, dass man für ein paar Tausend Euro sicherlich eine deutsche Frau finden würde, die sich auf eine Scheinheirat mit ihm einließe. Dann gäbe es für die deutschen Behörden keinen Grund mehr ihn abzuschieben. Einigen Zeit später war Mahir mit diesem Plan zu Rahman gekommen und hatte ihn um Geld für die Umsetzung gebeten.

Rahman war zunächst außer sich vor Wut. „Weißt du eigentlich in welche Gefahr du mich damit bringst?“, hatte er seinen Bruder angeschrien. „Ich bin Polizist und diene diesem Staat. Und du verlangst von mir, dass ich dir Geld gebe um den Staat zu betrügen. Das ist so krank!“

Mahir hatte ihn daraufhin zunächst schweigend angesehen. Dann sagte er mit ruhiger Stimme „Weißt du in welche Gefahr du mich bringst, wenn du mir nicht hilfst? Ich werde von deiner Regierung als illegaler Flüchtling abgeschoben, weil Albanien als sicheres Herkunftsland gilt. Aber dort werden sie mich noch am Flughafen festnehmen. Du hast nicht erlebt, was sie mit einem machen, wenn sie einen erstmal in ihren Gefängnissen haben. Du wärst daran schuld, dass sie mich zu Tode foltern würden. Überleg dir das.“ Dann war er aufgestanden und gegangen.

Rahman hatte die ganze Nacht nicht schlafen können. Immer wieder sah er die Bilder von seinem Bruder vor seinen Augen, wie er im albanischen Gefängnis gefoltert wurde. Schließlich traf er die Entscheidung, dass er seinem Bruder helfen musste, egal welche Folgen dies für ihn haben würde. Also gab er ihm das Geld und Mahir heiratete wenige Wochen später tatsächlich eine deutsche Frau.

Zunächst hatte niemand in seinem Umfeld etwas davon mitbekommen. Rahman hatte niemandem davon erzählt, dass sein Bruder aus Albanien bei ihm wohnte. Und von der Hochzeit würde er erst recht niemandem erzählen. Doch eines Tages stand Mertens mit zwei weiteren Kollegen auf dem Heimweg plötzlich vor ihm und sprachen ihn darauf an.

Rahman und sein Bruder Mahir hatten daraufhin den Anschlag auf die drei geplant. Sie hatten herausgefunden, dass alle Beteiligten an diesem Abend beim Martinszug im Dorf sein würden. Sie wollten die Gelegenheit nutzen, und alle drei unschädlich machen. Es sollte alles so aussehen, wie ein islamistischer Anschlag. Leider war ihr Plan aber durch das Einschreiten von diesem Norgren nur teilweise geglückt.

Mahir hatte nur zwei der beteiligten Polizisten getötet, bevor er von Norgren gestoppt worden war. Jetzt wollte er sich an ihm für den Tod seines Bruders rächen. Rahman vermutete, dass Norgren irgendwie in Verbindung mit dieser rechten Gruppierung in der Polizei stehen musste. Warum sollte er sonst jetzt hier aufkreuzen? Sicher würde er Mertens gerade erzählen, dass er ihn vor dem Gefängnis bedroht hatte und Mertens würde dies sofort nutzen.

Er wartete den ganzen Tag darauf, dass Mertens zu ihm kam und ihn auf den Vorfall ansprach. Aber es passierte nichts. Erst am nächsten Morgen sah er am schwarzen Brett ein neues Phantombild. Es wurde nach einem Mann gefahndet, der Mats Norgren bei seiner Entlassung vor der JVA bedroht hatte. Das Bild sah ihm wirklich sehr ähnlich und Rahman bemerkte, dass ihm warm wurde. Er dachte nach. Es würde niemand vermuten, dass jemand aus der Dienststelle Norgren bedroht hatte.

„Der sieht dir schon sehr ähnlich mein Freund. Hast du wieder Leute auf offener Straße bedroht?“ Rahman hatte gar nicht bemerkt, dass jemand neben ihn getreten war. Er erschrak und wurde wütend. „Was?“, fragte er etwas ungelenkig. Er wollte den Kollegen gerade anfahren, wie er auf so etwas käme, hatte sich aber schnell wieder im Griff.

„Ja, sowas mache ich ja jede Woche“, antwortete er so flapsig, wie er nur konnte und beide fingen an zu lachen. Damit ging der Kollege auch schon weiter. ‚So ein Mist‘, dachte Rahman bei sich. ‚Ich muss zusehen, dass ich die Sache beende‘.

Mit diesen Gedanken im Kopf ging er in sein Büro. Im selben Moment, in dem er durch die offene Tür trat sprach Mertens ihn an. „Dieser Norgren hat dich ziemlich gut getroffen, oder was meinst du?“ Rahman zuckte zusammen. Er hatte nicht bemerkt, dass Mertens an seinem Schreibtisch saß. „Der Attentäter, den dieser Norgren gestoppt hat war dein Bruder, oder? Und du steckst da mit drin! Warum sonst solltest du Norgren jetzt vor der JVA bedroht haben?“

Rahman schloss die Tür und ging langsam auf Mertens zu. Er sah ihn drohend an und erwiderte „Du kannst froh sein, dass dieser Norgren meinen Bruder gestoppt hat. Sonst wärst du jetzt auch tot!“

Mertens wurde blass. Erst jetzt wurde ihm klar, was der eigentliche Hintergrund des Anschlages gewesen war. Er hatte bisher geglaubt, dass die beiden Brüder der islamistischen Szene angehören würden. Aber darum war es den beiden offensichtlich nicht gegangen.

Mertens hatte herausgefunden, dass Rahmans Bruder seine unbefristete Aufenthaltsgenehmigung nur wegen seiner Heirat mit einer deutschen Frau bekommen hatte. Diese Heirat war aber laut Mertens Informationen nur zum Schein geschlossen worden. Einer der Kollegen, die auf dem Martinszug im Dorf ums Leben gekommen waren hatte herausgefunden, dass die beiden nach der Heirat nur kurz zusammengewohnt hatten.

Mittlerweile lebten sie wieder getrennt. Er hatte die Frau damit konfrontiert und sie hatte zugegeben, dass sie dafür Geld von Rahman bekommen hatte.

Mertens und sein Kollege hatten Rahman darauf angesprochen, und ihm damit gedroht ihn anzuzeigen, wenn sein Bruder nicht wieder in seine Heimat zurückkehrte. Außerdem sollte Rahman seinen Dienst bei der Polizei freiwillig aufgeben.

Mertens und seinen Kollegen war es schon länger ein Dorn im Auge gewesen, dass sie mit einem ausländischen Kollegen zusammenarbeiten mussten. Das entsprach nicht ihrer Auffassung von einer deutschen Polizei. Ihm wurde in diesem Moment bewusst, dass der Anschlag ihm und seinen Kollegen gegolten hatte. Aber er hatte sich schnell wieder im Griff und ging direkt zum Gegenangriff über. „Du hast einen großen Fehler gemacht. Hättest du diesen Norgren nicht bedroht, dann wäre ich nie darauf gekommen. Aber jetzt bist du erledigt. Ich gebe dir eine Woche um mit deiner Familie aus Deutschland zu verschwinden, danach werde ich die Ermittlungen gegen dich aufnehmen.“ Mertens war aufgestanden und stand nun direkt vor Rahman.

„Du bist tot. Genau wie dieser Norgren!“, zischte Rahman. „Eine Woche!“, entgegnete Mertens. Er hielt Rahmans drohendem Blick stand und versuchte selbst so bedrohlich wie möglich auszusehen. So standen sie einige Sekunden da und sahen sich in die Augen, bevor Mertens sich abwendete und zur Tür ging. Ohne sich noch einmal umzudrehen öffnete er sie und ging hinaus.

Rahman zitterte am ganzen Körper, und musste sich erst einmal setzen. Während dem Gespräch hatte er versucht so cool wie möglich zu bleiben. Aber jetzt kam die Anspannung durch und schüttelte seinen Körper. Was sollte er nur tun? Es gab nur eine Lösung. Norgren und Mertens mussten zum Schweigen gebracht werden bevor es zu spät war.

Veränderung

In den sozialen Medien war längst eine öffentliche Diskussion entbrannt, in der zunächst noch darüber gestritten wurde, ob es angebracht sei, einen Menschen zu inhaftieren, der einen anderen getötet hatte, um sehr wahrscheinlich vielen Menschen das Leben zu retten. Die Diskussion drehte sich aber schnell in die Richtung, dass die Justiz selbst zum Angeklagten wurde. Schnell kam es zu Verurteilungen durch Teilnehmer an der Diskussion und genauso schnell drifteten einige Kommentare in Richtung Hetzkampagne ab.

Offen wurde die Justiz an den Pranger gestellt, wobei sich die Diskussion sehr schnell hochschaukelte. ‚Die Täter werden geschützt, die Retter verurteilt, die mutmaßlichen Opfer im Stich gelassen'. All dies konnte man immer häufiger lesen, und immer öfter wurde dann mit der Zeit auch Mats Name genannt. Er sei derjenige, der die Menschen an diesem Tag vor einer großen Katastrophe bewahrt hätte. Er sei derjenige, der wisse, was zu tun sei, wenn Gefahr droht. Endlich habe mal jemand echte Zivilcourage bewiesen und würde nun dafür bestraft. Man sah es als eine Schande für das Land an, das Mats nicht als Held gefeiert wurde, sondern sich stattdessen wegen fahrlässiger Tötung vor Gericht verantworten müsse.

Die Diskussion nahm mittlerweile sogar Einfluss auf die Debatte um den Parteivorsitz in der Regierungspartei. Hier gab es derzeit drei Kandidaten auf die Nachfolge der langjährigen Vorsitzenden. Die bisherige Favoritin geriet in der Öffentlichkeit wegen ihrer Zustimmung zur bisherigen Willkommens-Politik der Kanzlerin unter Druck.

Sogar in ihrer eigenen Partei waren viele Mitglieder der Meinung, dass es besser wäre, einen Kandidaten, der dem rechten Flügel der Partei näherstand, zum Vorsitzenden zu machen. Der Grund dafür lag auf der Hand: Die alternative Partei, welche eine starke rechte Flanke besaß, hatte bei den letzten Landtagswahlen immer stärker abgeschnitten, und drohte sogar zur Volkspartei zu werden. Wenn dies geschehen würde, dann könnte sogar ein Rechtsrutsch wie es ihn zuvor nur in der Zeit vor dem zweiten Weltkrieg gegeben hatte in den Bereich des Möglichen kommen.

Daher sollte nach Meinung vieler Abgeordneter besser ein Mann führen, der den rechten Flügel der Regierungspartei bediente, um diesen nicht auch noch an die alternative Partei zu verlieren. Schließlich galt es in Parteikreisen als abgemacht, dass der oder die Parteivorsitzende im Sommer als Kanzlerkandidat ins Rennen ziehen sollte.

Mats war froh, wieder zu Hause zu sein. Aber irgendetwas hatte sich seit diesem Abend in seinem Leben verändert. Immer öfter bemerkte er, dass man ihm zuhörte, wenn er etwas sagte, seine Meinung war mit einem Mal immer häufiger gefragt. Auf seinem Twitter Account gab es jetzt regelmäßig Diskussionen um Zuwanderung und wie sie vernünftig geregelt werden könnte.

Der Anschlag wurde von vielen Diskutierenden automatisch der islamistischen Szene zugeordnet, obwohl es dafür bisher keinerlei Anzeichen gab. Immer wieder vertrat man in den Tweets die Meinung, dass es mit der Willkommens-Politik der Kanzlerin nicht wie bisher weitergehen konnte.

Mats hatte diese eigentlich immer verteidigt und war den Argumenten der Kanzlerin gern gefolgt. Aber es gab auch öffentliche Kritik daran und am Ende stand die Kanzlerin in Europa ziemlich isoliert da mit ihrer Politik.

Generell war die Stimmung in Deutschland deutlich gekippt und der Welle der Begrüßung ausländischer Zuwanderer und Flüchtlinge folgte immer mehr Skepsis gegenüber den fremden Kulturen. Dies führte dazu, dass sich die Flüchtlinge immer mehr isolierten und zum Teil in Ghetto-ähnliche Gegenden zusammenzogen.

Die Anschläge der jüngsten Zeit in London, Paris, New York und Berlin, die der IS für sich reklamierte, schürten diese Sorgen der Bevölkerung nur noch mehr, obwohl Politiker wie die Kanzlerin oder auch der französische Präsident immer wieder davor warnten, dass genau dies das Ziel des IS sei. Die Spirale, die einmal in Gang gesetzt war, war nur noch sehr schwer aufzuhalten.

Auch der missglückte Anschlag, der durch Mats verhindert wurde, stachelte die Diskussion nur noch mehr an. Mats versuchte zwar gegenzulenken, aber es fiel ihm auch in seinen Tweets immer schwerer. Er hatte vorher nicht mehr als ein paar dutzend Follower gehabt und sich auch nicht sehr oft zu irgendwelchen Themen geäußert. Aber jetzt folgten ihm bereits mehrere Tausend Nutzer. Immer lauter wurden die Forderungen danach, dass man die europäischen Grenzen stärker schützen müsse, um weitere Zuwanderung zu verhindern. Zugleich sollten die in den letzten Jahren nach Deutschland eingewanderten Flüchtlinge nach und nach wieder zurückgeführt werden.

Mats war sich immer mehr bewusst darüber, dass jeder seiner Tweets mittlerweile von einer immer größer werdenden Menge an Followern sehr genau betrachtet wurde. Ihm wurde klar, dass er zum Meinungsbildner geworden war, obwohl er das nie gewollt hatte. Er war jetzt dreißig Jahre alt und eigentlich nicht sehr politisch orientiert und schon gar nicht engagiert. Er ordnete sich selbst der politischen Mitte zu, die sowohl die Meinung der linken, wie auch der rechten Seite zum Teil nachvollziehen konnte, solange es sich nicht um radikale Meinungen handelte.

Er hatte sich, auch in der Vergangenheit immer wieder gegen die übliche Schwarz und Weißmalerei vieler Menschen ausgesprochen. Nur weil ein Argument richtig war, waren in seinen Augen noch lange nicht alle anderen falsch. Er sprach sich in einmal in einem seiner Tweets für eine geregelte Zuwanderung aus, ähnlich wie es von der deutschen Regierung befürwortet wurde. Allerdings stand diese damit in Europa mittlerweile auf einen schwierigen Posten.

Und auch Mats wurde für diese Meinung zum Teil hart kritisiert. Er beschloss, in nächster Zeit weniger aktiv in den sozialen Medien zu sein. Er hatte einfach keine Lust auf diese politischen Diskussionen. Außerdem fühlte er sich im Moment sowieso nicht besonders wohl in seiner Situation. Auf der einen Seite wartete noch der Prozess auf ihn, auf der anderen Seite hatte er immer noch diese komische Drohung vor dem Gefängnis im Kopf. Er konnte einfach nicht einschätzen, was wirklich dahintersteckte.

Mittlerweile waren drei Wochen vergangen seit der Begegnung mit diesem Kommissar Sharin und bisher war nichts Ungewöhnliches passiert.

Aber Mats fühlte sich trotzdem nicht sicher. Er bemerkte zwar, dass wirklich wie versprochen häufiger Polizei im Dorf und vor seinem Haus zu sehen war, aber das war vielleicht zweimal am Tag. Was war in den übrigen Stunden? Und was in der Nacht?

Er machte sich Sorgen darum, was alles passieren könnte.

Unerwünschter Besuch

Eines Nachmittags saßen zwei Männer im Café. Mats ging zu ihrem Tisch, um die Bestellung aufzunehmen. „Guten Tag die Herren, was kann ich für Sie tun?“, fragte er. „Wir wollen Sie darum bitten, mit Ihren Tweets in Zukunft etwas mehr auf der Seite Deutschlands zu stehen“, sagte der Kleinere der beiden unumwunden.

Er schien der Wortführer zu sein. Er war schmächtig und hatte blonde Haare, die auf der linken Seite angeschoren waren. Das Ober-Haar war etwas länger und er hatte es als Scheitel von links nach rechts gelegt. Der andere Mann war größer und kräftiger. Mats waren sofort seine Stiefel aufgefallen. Mit dem langen Mantel, den er dazu trug, sah er ein wenig furchteinflößend aus.

Mats war ein wenig überrumpelt und wusste zunächst nicht, was er sagen sollte. „Wie meinen Sie das?“, fragte er ein wenig unsicher. Ein ungutes Gefühl kam in ihm hoch. „Nun“, begann der Schmächtige. „Sie haben ja an dem Abend des Anschlags gezeigt, dass Sie auf der richtigen Seite stehen. Daher würden wir Ihnen anbieten, Ihnen beim Aufbau einer politischen Karriere zur Seite zu stehen. Wir brauchen Figuren wie Sie, zu denen die Menschen aufschauen und auf deren Meinung sie hören. Unsere Bewegung setzt sich schon lange für ein sauberes Deutschland ein, in dem solche Leute, wie der Attentäter keinen Platz finden. Wir müssen unsere Grenzen viel besser vor solchem Gesindel schützen. Da sind Tweets, wie der über moderate Zuwanderung von Ihnen natürlich nicht sehr hilfreich.“

Mats wurde plötzlich klar, worum es hier ging. „Moment mal!“, sagte er. „Sie wollen mir vorschreiben, was ich in meinen Beiträgen schreibe und wie ich es zu formulieren habe?“ „Sehen Sie es so: Wir wollen Sie unterstützen, damit ihre Beiträge bei den richtigen Leuten Gehör finden und bei den anderen möglicherweise zu einem Umdenken in die richtige Richtung führen.“ „Hören Sie: Ich bin weder politisch engagiert, noch will ich mit meinen Beiträgen irgendjemanden beeinflussen. Schon gar nicht in diese ‚Richtung‘, wie Sie es nennen. Und jetzt möchte ich Sie bitten zu gehen. Das Gespräch ist beendet!“, entgegnete Mats ein wenig schroffer, als er eigentlich wollte.

„An Ihrer Stelle würde ich mir überlegen auf welcher Seite Sie stehen wollen. Sie haben einen islamistischen Attentäter getötet und damit den Erfolg seines Anschlags verhindert. Denken Sie, die werden das einfach so stehen lassen? Wer soll Sie vor dem Zugriff dieser Leute schützen? Die Polizei wird es sicher nicht können. Unsere Organisation wäre in der Lage Sie zu schützen – allerdings nur, wenn Sie sich klar auf unserer Seite positionieren. Denken Sie darüber nach!“ Mit diesen Worten stand er auf und wandte sich zum Gehen. „Wir melden uns wieder“, fügte er noch hinzu.

Mats stand wie angewurzelt da. Erst jetzt bemerkte er, dass seine Beine ein wenig zitterten. Er musste sich erst einmal setzen und über die Szene nachdenken. Wollten die Männer ihm nur Angst machen, um ihn für ihre Zwecke zu gewinnen oder wussten sie womöglich, dass er von Sharin bedroht worden war? Woher könnten sie das wissen? Hatten Sie vielleicht auch jemanden bei der Polizei, der sie mit Informationen versorgte?

Er beschloss, zunächst einmal seine Tweets und alle Kommentare in den sozialen Medien ruhen zu lassen. Er wollte keiner radikalen Seite mehr Anlass geben, ihre Position als Reaktion auf seine eigenen Posts in der Öffentlichkeit darzustellen.

Er schaute auf die Straße – von einem Streifenwagen war weit und breit nichts zu sehen. ‚Wäre ja auch zu schön gewesen, wenn die ausgerechnet jetzt hier aufgekreuzt wären', dachte er. Es verdeutlichte ihm allerdings noch einmal, dass er sich im Ernstfall nicht darauf verlassen konnte, dass die Polizei ihm zur Hilfe käme.

Pläne werden geschmiedet

Es wurde in den nächsten Wochen wieder ein wenig stiller um Mats und auch um den kleinen Ort, in dem er wohnte. Es war ein beschauliches kleines Dorf mit nicht mehr als einer Kirche, einem Dorfbäcker, einer kleinen Kneipe, ein paar Cafés und einem kleinen Imbiss. Es gab eine Grundschule und einen Kindergarten, aber für die weiterführenden Schulen mussten die Kinder in die benachbarten größeren Ortschaften fahren. Es gab einen Schulbus, aber der Linienverkehr war sehr eingeschränkt.

Allerdings war es auch ein sehr idyllischer Ort, an den sich immer mehr Touristen verirrten, um die Ruhe zu genießen und mit dem Fahrrad Ausflüge in die malerische Natur im Umfeld zu unternehmen.

Früher gab es mal mehr Kneipen im Ort. Damals war das Dorfleben noch deutlich ausgeprägter. Man ging nach Feierabend in der Kneipe ein paar Bier trinken und tauschte seine Meinung mit den anderen Gästen aus. Aber wie an so vielen Orten starb diese ‚Kneipen-Kultur' immer mehr aus. Und damit starben auch die Kneipen selbst nach und nach aus. Es entwickelte sich auch hier im Ort zunehmend ein neues Geschäftsgebiet für die ländlichen Gegenden. Cafés in gemütlicher und idyllischer Lage wurden von den zahlreicher werdenden Rad-Touristen gerne als Ausflugsziele oder auch als willkommene Pausenlokale angesteuert. Von diesen Cafés gab es im Dorf selbst zwei und zwei weitere ein wenig außerhalb.

Auch Mats und seine Frau Frida betrieben ein kleines Café direkt hinter der Kirche und mit Blick auf die Bootsanlegestelle des kleinen Flusses, der sich am Rande des Dorfes entlangschlängelte. Mit den Touristen wurden auch die Geschäfte immer besser und bei schönem Wetter waren die Tische meist gut besetzt.

Seit dem misslungenen Attentat versprühte das Dorf außerdem eine höhere Anziehungskraft. Das merkte nicht nur Mats. Auch die anderen Betreiber von Lokalen im Ort hatten davon bereits berichtet. Außerdem hatten sich erst vor kurzem zwei weitere Vermieter von Ferienzimmern angesiedelt. Auch sie berichteten über gut laufende Geschäfte. „Na, du hast es ja wohl am besten getroffen", meinte Franz eines Abends, als sie mal wieder zusammensaßen. Das machten sie regelmäßig, um sich mit Aktionen abzusprechen. Man verstand sich gut untereinander und nahm sich nicht gegenseitig die Kunden weg. Alle Gastronomen des Ortes konnten gut von den aktuellen Umsätzen leben und alle hatten steigende Besucherzahlen zu verbuchen. Nur Franz hing ein bisschen hinterher, weil sein Lokal ein wenig abseits der beliebten Radrouten lag. Er betrieb die einzig verbliebene Kneipe im Dorf, und war Nachbar von Frida und Mats.

„Mit deiner Aktion am Sankt Martin hast du dich ja ziemlich ins Gespräch gebracht. Die Sensationslustigen kommen ja wohl eher zu dir als zu uns anderen. Musstest du auch schon Autogramme geben?" Er hatte bereits ein paar Bier aus und war dann immer ein wenig angriffslustig. „Jetzt lass schon gut sein", schaltete sich Heinz, einer der anderen Café-Betreiber ein. „Oder glaubst du, er hat das Ganze geplant?"

Er lachte „Dann wäre das aber ein gut durchdachter Plan, mit Attentätern und allem Drum und Dran was da gelaufen ist." „Na, zumindest profitiert er am meisten von uns von der ganzen Geschichte. Seine Tische sind immer besetzt. Bei mir ist es nie so voll." „Ich gäbe einiges darum, wenn ich es rückgängig machen könnte, das kannst du mir glauben", schaltete sich Mats nun selbst in das Gespräch ein. „Die Gäste wären auch so früher oder später gekommen. Unsere Region wird halt immer attraktiver für den Radtourismus." Er wusste, dass sein Lokal die bessere Lage hatte, wollte aber nicht darauf eingehen, um Franz nicht noch weiter zu provozieren. Er kannte Franz schon sehr lange und wusste, dass er schnell aus der Haut fuhr, wenn er getrunken hatte.

„Was waren das eigentlich für komische Gestalten, die dich letzte Woche besucht haben? Die sahen schon merkwürdig aus. Und von hier waren die auch nicht, oder?" Mats zuckte unmerklich ein wenig zusammen. Er hatte gehofft, es hätte niemand etwas von dem ominösen Besuch mitbekommen. Er wollte eigentlich niemandem etwas davon erzählen und die Sache einfach aussitzen. Aber das war wohl in einem so kleinen Dorf nicht möglich. „Die wollten mich unter Druck setzen wegen meiner Aussagen zur Politik in den sozialen Medien. Darum habe ich auch seit letzter Woche keinen einzigen Kommentar mehr dort abgegeben", antwortete er wahrheitsgemäß. „Die haben mir echt ein bisschen Angst gemacht. Sie wollten, dass ich mich in meinen nächsten Beiträgen auf ihrer Seite positioniere und mich politisch für ein, wie sie es nannten ‚sauberes Deutschland' einsetze. Ich habe sie freundlich aus dem Café verwiesen.

Aber sie haben sich daraufhin mit einer versteckten Drohung verabschiedet, dass sie mich nicht schützen können, wenn ich auf der falschen Seite stünde.“ Es entstand eine längere Pause, in der keiner der Anwesenden etwas sagte.

„Ach du Scheiße!“ Sehr langsam sagte Stefan diese Worte, gerade so als ob er dabei weiter nachdenken würde. „Das hört sich nicht gut an. Willst du darauf eingehen?“ „Nein, um Gottes willen, nein! Ich war nie besonders politisch aktiv und ich will es auch in Zukunft nicht sein. Und auf gar keinen Fall will ich mich für rechte Propaganda missbrauchen lassen“, antwortete Mats.

„Ok, dann solltest du beim nächsten Gespräch mit den Typen besser nicht alleine sein. Oder wie seht ihr das?“, fragte Stefan in die Runde. „Wir sollten denen klarmachen, dass wir so etwas hier im Dorf nicht wollen, oder?“ Alle waren sich in diesem Punkt einig. Sie besprachen, wie sie dabei vorgehen wollten. Mats und seine Familie sollten ab jetzt nicht mehr alleine sein und man erstellte eine Gruppe in einem Nachrichtendienst, um sich gegenseitig schnell informieren zu können. Stefan sagte zu, in der kommenden Woche im Gästezimmer zu übernachten. Danach wollten auch die anderen abwechselnd dasselbe tun. Tagsüber war ja das Café geöffnet, dann waren die beiden nie alleine.

Man erwartete, dass die beiden Besucher oder ihre sogenannte Organisation sich nochmal melden würden. Dann wollten die Freunde dazu kommen und den Besuchern klarmachen, dass Mats nicht alleine war. Mats war zwar nicht ganz wohl bei der Sache, weil er den Freunden noch nichts von der Drohung durch Sharin erzählt hatte, aber er war fest davon überzeugt, dass Zivilcourage nötig war, um radikale Bewegungen zu stoppen. Daher stimmte er zu.

Auch Willi Bolten, der Bootsverleiher nahm an diesen regelmäßigen Treffen der Gastronomen aus dem Dorf teil. „Na Mats, hast du mittlerweile mit deiner Frau über die Sache mit der Campingwiese gesprochen? Jetzt, wo immer mehr Touristen zu uns kommen, könnte das doch sicherlich gut laufen“, fragte er Mats. Er wollte das schon länger und hatte sich vor einiger Zeit mit konkreten Plänen dazu bei Mats und Frida gemeldet. Den beiden gehörte die Wiese neben dem Café und im Moment wurde sie nicht genutzt. Willi wollte sie gerne kaufen und den Schuppen, der am Rand der Wiese stand, zu einen Dusch- und Toilettenhäuschen umbauen. Dann könnte er die Wiese an Camper vermieten, wenn sie mehrtägige Paddeltouren bei ihm buchten.

Mats und Frida hatten das Thema in den vergangenen Tagen bereits besprochen und standen der Idee von einer Campingwiese positiv gegenüber. Allerdings wollten sie die Wiese mit dem Schuppen nicht verkaufen, sondern diesen selbst umbauen. Auch die Vermietung der Wiese wollten sie gerne selbst übernehmen. Schließlich würden hier sicherlich nicht nur Paddler, sondern auch etliche Radfahrer Campen wollen.
Außerdem könnte man dann neben den Toiletten auch einen Umkleideraum und Duschen einrichten. Die Paddler fragten häufig ob sie sich irgendwo umziehen könnten, wenn sie während der Tour nass geworden waren. Frida und Mats mussten dann immer die Toiletten als einzige Möglichkeit anbieten. Diese waren aber nicht besonders groß, sodass es sicher angenehmer wäre, wenn es dazu einen eigenen Raum gäbe. Alles in Allem bot der Umbau des Schuppens also einige Vorteile für die beiden.

„Ja“, begann Mats vorsichtig, „weißt du, wir haben uns das schon überlegt.“ Er machte eine kurze Pause „Aber wir wollen dieses Projekt gerne selbst umsetzen.“ Mats wollte es Willi vorsichtig beibringen, weil er nicht wusste wie dieser darauf reagieren würde. „Das ist doch phantastisch!“, rief der aber aus. „Das finde ich sogar noch besser. Dann kann ich bei meinem Geschäft bleiben, kann aber in Zukunft eure Wiese als Übernachtungsmöglichkeit anbieten. Ich freue mich, dass ihr zustimmt.“ Mats war überrascht von der Reaktion, freute sich aber natürlich darüber, dass es deswegen keinen Stress mit Willi geben würde.

Sie hatten die Pläne für den Umbau schon mit einem Architekten besprochen. Jetzt könnten sie als nächstes den Bauantrag einreichen. Sobald sie den Prozess hinter sich hatten, sollte der Umbau beginnen und wenn alles gut lief, sollte die Campingwiese zur neuen Saison im Frühling fertig sein.

Aus dem Nichts

Mats konnte mal wieder nicht schlafen. Seit dem Anschlag hatte er häufiger diese Alpträume. Er wurde dann wach und konnte nicht mehr einschlafen. Auch heute war es wieder so gewesen. Es stand auf und ging hinunter in die Küche, um einen Schluck Wasser zu trinken.

Plötzlich hörte er ein Klirren. Gleichzeitig stellte sich ein stechender Schmerz in seinem linken Bein ein und er stürzte zu Boden. Eine Sekunde lang wusste er nicht, was geschehen war. Dann wurde ihm klar, dass jemand von draußen auf ihn geschossen haben musste. Angst stellte sich ein. ‚Warum schießt jemand auf mich?' dachte er. Die Scheibe der Terrassentür klirrte nochmal. Aber jetzt hörte es sich anders an, als beim ersten Mal. Es klirrte wieder und jetzt wurde Mats klar, dass es keine weiteren Schüsse waren, sondern dass jemand die Scheibe einschlug, um in die Wohnung einzudringen.

Die Angst schlug in Panik um. Wie sollte er vor dem Eindringling fliehen? Sein Bein schmerzte höllisch, er war unfähig, sich damit in Sicherheit zu bringen. Er kroch hinter den Tisch, als er bemerkte, dass jemand vor ihm stand und mit einem Gewehr auf ihn zielte. Mats starrte den Mann an. Irgendwoher kannte er ihn. Aber er konnte sich nicht genau erinnern. „Du Verräter. Du hast meinen Bruder auf dem Gewissen. Dafür wirst du jetzt sterben. Nur eines will ich vorher noch von dir wissen: Steckst du mit diesen Schweinen unter einer Decke?".

„Kommissar Sharin?" Jetzt hatte Mats den Polizisten erkannt, der ihm nach seiner Entlassung gedroht hatte. Offensichtlich hatte er diese Drohung sehr ernst gemeint. „Warum? Was meinen Sie, mit wem soll ich unter einer Decke stecken?", fragte Mats. Ihm war nicht klar, was Sharin damit meinte. „Der Mann, der beim Martinszug getötet wurde, hatte eine Mission. Er sollte so viele von diesen Nazi- Polizisten töten wie möglich. Aber du hast ihn daran gehindert. Dafür wirst du jetzt …"

Weiter kam er nicht. Er brach plötzlich wie vom Blitz getroffen zusammen. Hinter ihm stand Stefan, der wie vereinbart bei Mats übernachtet hatte. Er war von dem Schuss und dem darauffolgenden Krach, als Sharin die Scheibe einschlug, wach geworden. Zum Glück hatte er sofort realisiert, dass etwas nicht stimmte. Er war aus dem Bett gesprungen, hatte gehört wie Sharin mit Mats sprach und sich von hinten an ihn herangeschlichen. Er hatte sich den Kerzenständer vom Wohnzimmertisch genommen. Sharin war so fixiert auf Mats und rechnete offenbar nicht damit, dass noch jemand im Haus war, dass er nicht bemerkte, wie Stefan sich näherte und ihn im richtigen Moment mit dem schweren Kerzenständer niederschlug. „Stefan! Gott sei Dank", entfuhr es Mats. Auch Frida kam jetzt die Treppe hinuntergelaufen. Sie kam zu ihm und beugte sich zu ihm hinunter. „Was ist mit dir?", fragte sie. „Ich habe den Lärm gehört und bin heruntergekommen. Wer ist das? Was wollte er von dir?" „Das ist der Typ, der mir vor der JVA gedroht hat", sagte Mats. „Ich ruf die Polizei." Frida hatte das Handy bereits am Ohr. „Und einen Krankenwagen bitte auch", warf Mats ein.

Die Polizei und der Rettungswagen trafen fast gleichzeitig ein. Die Sanitäter kümmerten sich um Mats Bein. Es schmerzte höllisch, aber es handelte sich wohl nur um eine Fleischwunde.

„Was ist hier genau passiert?", fragte einer der Beamten. Mats, Stefan und Frida schilderten den Vorgang. Die Beamten hörten aufmerksam zu. Am Ende der Schilderungen meinte einer der beiden: „Das ist ein Fall für die Kripo. Ich werde die Kollegen anrufen. Die werden dann zusammen mit der Spurensicherung hier alles aufnehmen. Sie fahren jetzt erst einmal ins Krankenhaus und lassen sich dort verarzten. Die Kollegen werden sich bei Ihnen melden". Er nahm sein Handy und telefonierte.

Mats wurde in den Krankenwagen geladen. Aus dem Augenwinkel sah er noch, dass auch alle anderen, die sich bereit erklärt hatten auf ihn aufzupassen, an der Straße standen. Sie hatten Wort gehalten und waren augenblicklich hinzugeeilt, als sie Stefans Nachricht bekommen hatten. Stefan hatte sofort die vereinbarte Nachricht in die Gruppe gesetzt, nachdem er den Krankenwagen angerufen hatte. Sie bestand nur aus einem Wort: ‚Gefahr'. Die Meldekette hatte funktioniert. Alle Gruppenmitglieder waren, wie vereinbart, sofort auf die Straße gegangen, um mögliche Angreifer durch die Anwesenheit von möglichst vielen Zeugen abzuschrecken. Nur wäre sie in diesem Fall nicht schnell genug gewesen, wenn Stefan nicht so beherzt zugeschlagen hätte… Und noch dazu handelte es sich hier um eine Bedrohung, die sie alle so nicht einkalkuliert hatten. Sie hatten sich auf einen möglichen Besuch aus der rechten Szene eingestellt, aber sie hatten nicht damit gerechnet, dass es noch weitere Angreifer geben könnte.

Frida fuhr mit Mats ins Krankenhaus. Sie hatten die Kinder sicherheitshalber bei Fridas Eltern untergebracht. Sie war froh, dass sie in dieser Nacht nicht alleine sein musste. Auch Mats war froh, dass sie bei ihm war.

Alpträume

„Mats… Mats! Wach auf!" Er hörte die Worte wie aus der Ferne. „Mats!" Erst jetzt registrierte er, dass es Fridas Stimme war. Er schlug die Augen auf und sah, dass es dunkel war. Er lag in ihrem gemeinsamen Bett und Frida war direkt über ihm. Er bemerkte, dass sein Körper schweißgebadet war. „Hast du wieder von dem Abend geträumt?", fragte Frida besorgt. Ja – das hatte er. Wie jede Nacht hatte er immer und immer wieder von diesem Abend geträumt. Wie er da stand und die ganze Szene wie fremdgesteuert abgelaufen war. Er sah die Polizisten auf sich zukommen. Und auch das Gesicht des Attentäters tauchte in der Menge der Gesichter auf, die er in seinem Traum immer wieder sah. Er wurde von diesen teilweise blutüberströmten Gesichtern regelrecht eingekreist und in die Enge getrieben. Und dann, als der Kreis vollständig geschlossen war und es keinen Ausweg mehr zu geben schien, tauchte das Gesicht von diesem Kommissar auf, der ihn bei seiner Entlassung aus der U-Haft so vehement bedroht hatte. Er konnte ihm nicht entkommen… Dann wachte er auf. Es war immer das gleiche. Mittlerweile hatte er schon Angst ins Bett zu gehen und einzuschlafen.

Dazu kam noch die Angst vor dem anstehenden Prozess. Er wurde immer noch wegen fahrlässiger Tötung beschuldigt und es musste immer noch geklärt werden, ob es sich um Notwehr handelte oder nicht. Er spürte die Blicke, wenn er am Tage durch das Dorf ging. Da war stets diese Ungewissheit, was die Leute wohl hinter ihren Augen in ihren Köpfen dachten. Sicher, die meisten mit denen er sprach lobten ihn für seine Tat.

Aber war das wirklich ehrlich? Stefan, sein Freund hatte ihm erzählt, dass es auch andere Meinungen gab. Diese wurden allerdings nur kundgetan, wenn Mats nicht dabei war. „Warum hatte er eine Waffe dabei? Wieso hat er nicht einfach die umstehenden anderen Polizisten alarmiert? Wusste er von dem geplanten Anschlag?“ Diese Fragen wurden in seiner Abwesenheit diskutiert. Deshalb war Mats sich nie sicher, was die Menschen hinter ihrer Fassade wirklich dachten. Das belastete ihn sehr. Er fühlte sich in der Dorfgemeinschaft nicht mehr so geborgen und frei, wie er sich vor diesem Abend gefühlt hatte. Er und Frida waren angesehene Café-Besitzer und man hatte gerne mit ihnen geplaudert, wenn man die beiden in ihrem Lokal besucht hatte. Mats hatte das Gefühl, dies war jetzt anders. Man sprach nicht mehr so offen mit ihnen, war zurückhaltender geworden. Auch Frida hatte das bemerkt.

Vielleicht lag es aber auch an Mats selbst, weil auch er den anderen nicht mehr so unvoreingenommen gegenübertreten konnte, wusste er doch nicht was sich in ihren Gedanken so zutrug.
Es war eine schwere Zeit. Mats sehnte sich zum einen den Prozessauftakt herbei, um endlich rehabilitiert zu werden. Auf der anderen Seite machte er sich große Sorgen, ob es denn auch möglicherweise negativ für ihn ausgehen könnte. Was wenn man ihn verurteilte? Wenn man zu dem Urteil kam, dass es keine Notwehr war, sondern tatsächlich fahrlässige Tötung. Was wenn er sogar ins Gefängnis musste? Wie würde Frida das verkraften? Wäre das Café für sie allein zu halten? Kämen dann überhaupt noch Gäste zu ihr? Wie sollte es mit den Kindern gehen?

All diese Fragen gingen ihm ständig durch den Kopf. Aber so sehr er sich auch damit beschäftigte – er würde die Antworten erst nach dem Prozess finden.

Frida machte sich große Sorgen um Mats. Jede Nacht lief er im Haus umher, weil er nicht einschlafen konnte. Und wenn er dann doch endlich einschlief, hatte er diese Alpträume. Er gab zunächst diese komischen Geräusche von sich, die im Verlauf immer lauter wurden, bis sie schließlich in ängstlichem Reden endeten. „Nein – lasst mich in Ruhe!", rief er dann voller Angst. Frida weckte ihn jedes Mal, wenn es passierte. Er war am ganzen Körper nass vor Angstschweiß und ging dann in die Dusche. Sie wusste, dass es ihm nicht gut ging und dass er diesen Abend noch lange nicht verarbeitet hatte.

Auch Frida hatte ihre Probleme damit. Wie würde es weiter gehen, wenn bei dem Prozess möglicherweise herauskam, dass er nicht aus Notwehr gehandelt hatte? Was würde dann passieren? Musste er ins Gefängnis? Wie sollte sie es den Kindern erklären? Sie hatte dazu schon durchaus unterschiedliche Kommentare von Gästen ihres Cafés gehört.

Falls er wirklich ins Gefängnis käme, dann könnte sie das Café auf keinen Fall halten. Alleine schaffte sie das nicht. Er war schließlich derjenige, der vormittags alle Einkäufe tätigte und den Büro Kram erledigte, solange das Café geschlossen war. Sie kümmerte sich in dieser Zeit um die Kinder, und das musste auch noch eine Weile so weiter gehen. Zumindest solange, bis auch die kleine Anna im Kindergarten war. Erst dann konnte sie Mats mehr unterstützen. Aber alleine – nein das war undenkbar.

Plötzlich wurde ihr bewusst, wie abhängig sie von dem kleinen Café und damit voneinander waren. Sie hatte all ihre Ersparnisse hineingesteckt und der Kredit, den sie für die Ausstattung aufgenommen hatten war noch nicht mal zur Hälfte zurückbezahlt. Sie brauchten sich und auch das Café mehr denn je. Sie wurde ein wenig sauer auf Mats. Warum hatte er sie in diese Situation gebracht? Hätte er sich nicht einfach raushalten können?

Aber sie verwarf diesen Gedanken sofort wieder. Nein! Das hätte er nicht! Und das hätte sie auch nicht gewollt. Genau darum hatte sie sich damals für ihn entschieden. Weil er sich nicht aus allem heraushielt. Weil er jemand war der sich einmischte, auch wenn es schwierig wurde. Und wenn es jetzt im Moment deshalb besonders schwierig wurde, dann musste sie zu ihm halten. Das war sie ihm schuldig! Einen Duckmäuser, der sich aus allem raushielt und für nichts wirklich Interesse hatte, den hätte sie nicht gewollt. Also galt es jetzt gemeinsam den Weg aus dieser Krise zu finden.

„Wir schaffen das“, sagte sie und war selbst ein wenig überrascht, wie überzeugt ihre Stimme dabei klang. „Zusammen schaffen wir das!“ Er kam gerade aus der Dusche zurück ins Bett. „Geht es dir wieder besser?“, fragte sie. „Ja, es geht wieder“, antwortet er und setzte sich auf die Bettkante. Sie nahm ihn in den Arm. Er spürte, dass sie nackt war. „Komm“, sagte sie leise in sein Ohr. „Vielleicht kann dich das ein bisschen ablenken“. Sie zog ihn zu sich. Es tat gut ihren warmen Körper zu spüren.

Er wurde von der Sonne geweckt. Frida war schon aufgestanden. Anscheinend hatte er seit langem mal wieder durchgeschlafen. Er fühlte sich gut. Sie verstand es immer wieder, ihm das Gefühl zu geben, dass er etwas Besonderes war. Darin war sie eine wahre Meisterin. Auch jetzt hatte sie ihn wieder aufgebaut, nachdem er letzte Nacht noch das Gefühl gehabt hatte, er wäre in ein tiefes Loch gefallen, aus dem es kein Entkommen gab. Sie hatten noch lange geredet, nachdem sie zusammen geschlafen hatten. Darüber wie es weiter gehen sollte, was sie machen würden, wenn der Prozess nicht gut ausging, aber auch was, wenn er gut ausging. Und sie hatten sich darauf geeinigt, dass er gut ausging! Das hatte ihm wieder neuen Mut gegeben und er hatte danach endlich mal wieder ohne Albträume geschlafen. Wie lange hatte er eigentlich geschlafen? Er schreckte hoch – wie spät war es? Er schaute auf sein Handy. Halb neun! Er musste aufstehen und Besorgungen fürs Café machen.

Frida saß mit der kleinen Anna am Tisch und lächelte ihn an als er hereinkam. Es roch nach einer Mischung aus Tee, Kaffee und frischen Brötchen. Frida verstand es immer wieder Räume in Wohlfühloasen zu verwandeln, und wenn es nur durch einen perfekt dekorierten Frühstückstisch war. Er liebte sie dafür. Sie war eine tolle Frau und diese Meinung würde er durch nichts und niemanden widerlegen lassen. Egal was auch passieren würde.

Auch die kleine Anna lachte laut als sie ihn sah. „Papa“, rief sie fröhlich und streckte ihre Arme nach ihm aus. Er nahm sie kurz hoch auf seinen Arm. „Mats“, beklagte sich Frida. „Das sollst du nicht immer machen. Sie ist noch nicht mit dem Essen fertig.“

Er konnte an ihrem künstlich strengen Gesichtsausdruck erkennen, dass es nicht ernst gemeint war. „Oh, hält der böse Papa dich vom Essen ab?“, sagte er und hielt sie hoch vor sein Gesicht „Neeeein“, rief sie „Papa Arm“ „Da siehst du es. Jetzt will sie nicht mehr weiter essen.“ Er setze sich hin, nahm sie auf den Schoß und fütterte sie weiter. Er liebte diese gemeinsamen Vormittage. Noch schöner war es nur wenn sie alle vier zusammen Frühstücken konnten. Aber Klara war schon zur Schule gegangen, weil er heute ausnahmsweise etwas länger geschlafen hatte.

„Hast du gut geschlafen?“, fragte ihn Frida. „Ja, ich habe lange nicht so gut geschlafen. Dank dir.“ Er sah sie an und zwinkerte ihr zu. „Ich auch“, sagte sie nur und lächelte. Er liebte dieses Lächeln, weil es ihre kleinen Grübchen zum Vorschein brachte, die er so gerne mochte. Überhaupt war sie wunderschön, wenn sie ungeschminkt am Frühstückstisch saß. Er mochte sie so natürlich. Aber das wusste sie, er hatte es ihr schon so oft gesagt.

„Hast du heute viel zu tun mit der Büroarbeit?“, fragte sie. „Nein – ich denke das ist in einer Stunde erledigt, aber dann wollte ich noch gerne zum Großmarkt fahren. Der Kaffee ist fast alle und wir brauchen noch Gebäck. Meinst du, du schaffst es mit zu kommen?“ „Eher nicht. Klara hat nur vier Stunden heute.“ „Okay, dann sehen wir uns am Nachmittag. Ich fahre dann jetzt mal los, damit ich alles erledigt bekomme. Ich liebe dich“ Er gab ihr einen Kuss und verabschiedete sich auch bei Anna. Sie lachte ihn wieder nur an. Sie verstand noch nicht immer worum es ging, aber ein charmantes Lächeln hat sie jetzt schon drauf, dachte er. Das hat sie von ihrer Mama.

Rübenernte im Mai?

Es war ein sonniger Tag. Die Tische auf der Terrasse waren gut besetzt und das würde auch den ganzen Tag so bleiben, dachte sich Mats und freute sich auf gute Einnahmen, die dieser Tag sicherlich bringen würde.

Viele Touristen waren bei dem schönen Wetter unterwegs und viele nutzten die Gelegenheit, hier im Café eine Pause zu machen und es sich bei selbstgebackenem Kuchen und anderen Köstlichkeiten gutgehen zu lassen.

Er stand in der Tür zu seinem Café und blickte über die Terrasse auf den Bootsanleger auf der anderen Straßenseite. Es war immer wieder ein schöner Anblick. Jetzt am Nachmittag stand die Sonne genau gegenüber und hüllte die Terrasse in ein warmes Licht. An beiden Seiten hatte Mats mobile Glaswände aufstellen lassen, um die Besucher vor dem Wind zu schützen, der hier auf dem flachen Land immer vorherrschte. Wenn es im Sommer zu warm war, dann konnten diese Wände leicht entfernt werden, um den Wind sanft zur Kühlung über die Terrasse ziehen zu lassen. Jetzt im Frühling waren sie allerdings sehr hilfreich. An der Straße stand ein großer Walnussbaum. Er spendete im Sommer angenehmen Schatten für gut die Hälfte der Tische. Im Moment bevorzugten die Besucher allerdings eher die Plätze, die in der Sonne lagen. Mats hatte eine Schaukel und eine Strickleiter an den Ästen des Baumes angebracht.

Neben dem Baum hatte ihm Andre, ein befreundeter Landwirt aus dem Dorf, einen Sandhaufen ausgekippt. Mats hatte außerdem die alte Schwengelpumpe seines Vaters hier wieder aufgestellt. Mit dieser Pumpe konnten die Kinder Wasser in den Sand oder in die dort herumliegenden Eimer pumpen. Das Wasser kam aus der Regenzisterne, die neben dem Café stand und das Regenwasser aus der Dachrinne aufnahm. Es war immer wieder faszinierend zu beobachten, wie gut dieser einfache Spielplatz von den Kindern angenommen wurde. Die Erwachsenen konnten so in Ruhe ihren Kaffee und Kuchen genießen, während die Kinder im Sand spielten.

Auch hier war es für Mats immer wieder amüsant zu beobachten, wie unterschiedlich die Erwachsenen damit umgingen. Manche saßen seelenruhig an ihrem Tisch, während die Kinder die ganze Zeit im Sand spielten. Andere liefen alle fünf Minuten besorgt zu den Kindern um zu sehen, ob es ihnen beim Spielen noch gut ging. Wieder andere ermahnten ihre Kinder ständig, dass sie sich nicht schmutzig machen sollten. Am schlimmsten fand Mats aber die Eltern, die ihre Kinder gar nicht erst zum Spielplatz gehen ließen, weil dieser ihnen zu gefährlich erschien, schließlich könnten die Kinder ja von der Schaukel oder von der Strickleiter fallen.

Durch die Nähe zum Bootsanleger kamen auch immer wieder kleinere oder größere Gruppen von Paddlern in sein Café. Sie nutzten es als Startpunkt oder auch, um eine kleine Pause vom Paddeln einzulegen. Das Café war mittlerweile bekannt dafür, dass man hier die Toiletten nutzen konnte. Oft mussten sich die Paddler auch einfach nur umziehen, weil sie unterwegs nass geworden waren. Es ging manchmal ziemlich lustig zu während dieser Paddeltouren. Und mancher fand sich sogar im Wasser wieder, wenn seine Mitfahrer zu wild wurden und eins der Boote zum Kentern brachten.

Frida und Mats hatten nichts dagegen, wenn die Paddler nur zum Umziehen kamen oder lediglich ihre Toilette nutzten. Sie verdienten schließlich insgesamt genug an denen, die länger im Café verweilten.

Die Stille wurde plötzlich durch ein tiefes Brummen aus der Ferne unterbrochen. Es hörte sich wie ein Gewittergrollen oder ein startendes Flugzeug an. Was konnte das sein? Nach einem Gewitter sah es eigentlich gar nicht aus. Das Grollen schien näher zu kommen und wurde immer lauter. Und dann sah Mats den Grund: Eine Gruppe Motorradfahrer kam langsam die schmale Straße hinab gefahren und bewegte sich auf das Café zu. Direkt davor hielten sie an. Jetzt sah Mats, dass es sich um eine Gruppe von mindestens zwanzig Motorrad-Rockern handelte. ‚Brown Angels' hatten sie auf ihren Kutten stehen. Sie waren genau vor dem Café stehen geblieben und ließen die Motoren ihrer schweren Maschinen aufheulen.

Die Gäste sahen zunächst erstaunt und ein wenig genervt zu. Einige filmten die Szene mit ihren Handys. Aber als die Rocker nicht aufhörten mit dem Lärm, wurde es den ersten Gästen zu bunt und sie verlangten zu zahlen. Immer mehr Gäste verlangten nach der Rechnung und verließen die Terrasse. Als sie komplett leer war, stellten die Rocker ihre Motoren ab und besetzten alle Tische auf der Terrasse selbst. Mats war ein wenig mulmig geworden bei der ganzen Geschichte, aber er nahm seinen Mut zusammen und ging heraus, um sie zu fragen ob sie gerne etwas bestellen wollten. „Nein! Wir wollen hier nur gemütlich sitzen und die Sonne genießen", sagte ein vollbärtiger, düster dreinschauender Mann von einem der mittleren Tische. „Ist doch erlaubt, oder?" Ein anderer stand auf und stellte sich breitbeinig in bedrohlicher Haltung vor Mats auf. Mats überlegte kurz ob er aufbegehren sollte, aber er entschied sich dagegen. „Aber ja, natürlich", entgegnete er nur. „Na – dann ist ja gut", sagte der Bärtige vom Tisch und der andere setzte sich wieder auf seinen Platz. Mats ging herein. Er überlegt was zu tun sei. Er war sich sicher, dass die Gruppe etwas mit den beiden unheimlichen Besuchern zu tun hatte, die ihn neulich aufgesucht hatten.

Er rief seinen Freund Stefan an und erzählte ihm von der Situation. „Mach nichts und warte einfach ab", sagte Stefan, nachdem er kurz überlegt hatte. „Wo genau stehen die Motorräder?" „Direkt vor der Terrasse. Sie blockieren die halbe Straße. Warum willst du das wissen?", fragte Mats. „Erklär ich dir später… ich habe da so eine Idee. Du machst nichts und wartest einfach – klar?" „Klar." Mats war zwar eigentlich nichts klar, aber Stefan hatte bereits aufgelegt. Was hatte er nur vor? Sein Blick ging wieder nach draußen. Fast alle Fahrradfahrer fuhren nun an seinem Café vorbei. Spätestens wenn sie sahen, welche Klientel sich auf der Terrasse befand, fuhren sie zügig weiter. Und auch die Gruppe Paddler, die vom Fluss heraufkam, um im Café Pause zu machen drehte auf der Stelle wieder um, als sie die Rocker auf der Terrasse sahen. Die Rocker erreichten ihr Ziel. Mats hatte keine zahlenden Gäste mehr.

Nach einiger Zeit näherte sich von rechts ein riesiges Rüben-Ernte Fahrzeug. ‚Komisch' dachte Mats. ‚Es ist doch noch gar keine Rübenzeit.' Es war Mai und Rüben wurden erst im

Herbst geerntet. Warum also fuhr Andre jetzt mit diesem Fahrzeug hier vorbei?

´Außerdem wird das niemals passen…‘ dachte Mats. Aber das Fahrzeug wurde nicht langsamer. Es passte tatsächlich nicht und der Traktor riss einige der Motorräder mit. Die anderen wurden, wie in einem Domino-Effekt, mit umgeworfen und plötzlich lagen alle Motorräder wild durcheinander gewürfelt auf der Straße. Andre hatte den Blick aber stur nach vorne gerichtet und fuhr weiter, als hätte er von dem ganzen Chaos nichts mitbekommen.

Die Rocker waren aufgesprungen. Einige rannten schreiend zu ihren Maschinen, andere liefen dem Traktor hinterher, aber der setzte seine Fahrt nun etwas schneller fort, weil die Straße wieder breiter wurde. Bald war er außer Sichtweite und die Verfolger gaben auf und kehrten um. Die Rocker fluchten und schrien. Schließlich kam einer zu Mats rein und fragte: „Kanntest du den Fahrer?“ „Nein!“, antwortete Mats, was natürlich gelogen war. „Was fällt dem ein, einfach weiter zu fahren!“ „Soll ich die Polizei rufen?“, fragte Mats und bemerkte im selben Moment, dass dies gar nicht nötig war, denn ein Streifenwagen fuhr vor. Gerade so als hätten die Beamten geahnt, dass hier etwas vorfallen würde. Normalerweise kam hier nie ein Streifenwagen vorbei, das nächste Polizeirevier war mindestens fünfzehn Autominuten entfernt und die zusätzlichen Streifen-Fahrten waren nach dem vereitelten Anschlag durch Sharin auf Mats eigentlich wieder eingestellt worden.

‚Das ist doch kein Zufall?‘ dachte sich Mats. Aber er war froh, dass die Beamten da waren, denn er war sich nicht sicher gewesen, ob die Rocker ihn für den Vorfall verantwortlich gemacht hätten und ihn möglicherweise ausgequetscht hätten, wer das auf dem Traktor war. Zumindest hatte er das Gefühl gehabt, dass der Bärtige ihm nicht abgenommen hatte, er würde den Fahrer nicht kennen.

Normalerweise sprachen Rocker nicht gerne mit der Polizei, aber in diesem Fall blieb ihnen nicht viel anderes übrig. Sie wollten ja den Fall aufgeklärt haben. Schließlich ging es um ihre Heiligtümer – die Motorräder. „Es ist schon möglich, dass der Fahrer einer so großen landwirtschaftlichen Maschine nichts davon gemerkt hat, dass er Ihre Maschinen touchiert hat", sagte einer der beiden Beamten. „Haben Sie denn ein Nummernschild für mich, damit wir ihn möglicherweise ausfindig machen können?". Keiner hatte sich das Nummernschild gemerkt. „Hat so ein Ding denn überhaupt ein Nummernschild?", fragte einer der Rocker. „Natürlich, jedes Fahrzeug, welches am Straßenverkehr teilnimmt, muss ein Nummernschild haben", erwiderte der Beamte. „Aber ohne wird es natürlich schwer den Verursacher ausfindig zu machen."

Der Beamte wirkte ein bisschen künstlich gelangweilt und machte auf Mats einen eher amüsierten Eindruck, was die Rocker natürlich noch zorniger werden ließ. Man konnte ihnen anmerken, dass sie ihre Wut kaum zurückhalten konnten und am liebsten auf die beiden Polizisten losgegangen wären. Aber sie waren schlau genug, dies nicht zu tun. „Ihre Motorräder standen hier aber auch sehr ungünstig. Sie haben damit ja die halbe Straße blockiert. Ich muss Ihnen dafür ein Verwarngeld ausstellen. Damit trifft Sie zumindest eine Mitschuld an dem Unfall und es kann darauf hinauslaufen, dass jeder für seinen eigenen Schaden aufkommen muss, falls wir den Fahrer überhaupt jemals ausfindig machen können.“

Das war mutig von dem Beamten und der bärtige Rocker packte ihn mit wutverzerrtem Gesicht am Kragen „Das würde ich mir an Ihrer Stelle überlegen!“, sagte der Beamte kühl. Der Rocker ließ ihn wieder los. „Abmarsch!“, knurrte er nur und die anderen Rocker fingen damit an, ihre Motorräder aufzustellen und die Schäden zu begutachten. „Wir werden den Kerl selbst ausfindig machen! Der wird froh sein, wenn er den Schaden bezahlen darf und mit ein paar Knochenbrüchen davonkommt.“

Mittlerweile hatte sich ein großer Pulk an Schaulustigen gebildet. Sie waren zum Teil aus der Nachbarschaft gekommen, weil sie die Unruhe bemerkt hatten, zum Teil waren es aber auch Radfahrer, die vorbeigekommen waren und natürlich anhielten, um das Schauspiel mit zu erleben. Im Handumdrehen waren alle Tische wieder besetzt und die Leute bestellten eifrig. Der normale Betrieb war sehr schnell wieder zurückgekehrt. Die Rocker hatten ihr Ziel am Ende doch nicht erreicht!

Einige von ihnen, deren Maschinen noch fahrtüchtig waren, fuhren los. Die anderen warteten bei ihren Maschinen. Es war ein seltsames Schauspiel. Ein paar harte Rocker, die vor ihren geliebten Motorrädern standen und fluchten, wie man es kaum wiedergeben will. Ein paar andere saßen nur da und hatten die Hände vors Gesicht geschlagen, ganz so, als ob sie verhindern wollten, dass jemand ihre Tränen sah. Mats wurde langsam klar, dass es kein Zufall sein konnte, das Andre mit dem großen Erntefahrzeug hier vorbeigekommen war. Auch das Auftauchen der Polizei konnte kein Zufall gewesen sein. Er rief Stefan an, um ihn zu fragen, ob er hinter diesen ‚Zufällen' steckte.

„Wie ist es gelaufen?", stellte dieser sich ohne Umschweife ein. „Sind die braunen Männer wieder weg? Ich habe schon gehört, dass sie geheult haben wie kleine Kinder, weil ihre Motorräder kaputtgegangen sind." Sein Lachen klang ein wenig gehässig. So kannte Mats ihn eigentlich gar nicht. Aber Stefan konnte seine Freude über den Triumpf nicht unterdrücken.
„Ich habe mir schon gedacht, dass du hinter der Sache steckst", antwortete Mats. „Die sind abgezogen wie begossene Pudel! Für den Moment sind wir sie erst einmal los. Aber sie sind ziemlich sauer. Ich glaube nicht, dass die es einfach so hinnehmen. Die werden nach einem Schuldigen suchen. Und den werden sie hier bei uns früher oder später finden." Er musste Stefan einfach in seiner Euphorie bremsen. Mats war zwar heilfroh, dass seine Freunde ihn gegen die Rocker unterstützt hatten, aber er war sich sicher, dass die Sache damit nicht ausgestanden war.

Siegestaumel

Sie hatten ihren regelmäßig stattfindenden Stammtisch in Franz' Lokal verlegt, weil Franz bisher am wenigsten von der wachsenden Anzahl an Touristen profitiert hatte. Früher hatte das Treffen reihum in jedem Lokal einmal stattgefunden. Aber seitdem fast alle Kneipen im Dorf in Cafés umgewandelt worden waren, fanden diese Treffen nun immer bei Franz in der letzten verbliebenen Kneipe statt. Er verdiente sein Geld hauptsächlich mit dem Betrieb der beiden Kegelbahnen. Diese waren gut ausgelastet und die Kegelclubs setzten in der Regel auch gut Getränke und Speisen um. Franz profitierte auch davon, dass Heinz seine beiden Kegelbahnen in einen Anbau für sein Café umgewandelt hatte. Sie waren sowieso renovierungsbedürftig gewesen und für insgesamt vier Kegelbahnen gab es zu wenige Clubs im Dorf. Dadurch profitierte jetzt auch Franz indirekt vom aufkommenden Tourismus und es waren für alle zufriedenstellende Umsätze möglich.

„Was für eine geile Aktion!“ Heinz kam noch einmal auf die Aktion gegen die Rocker zurück. „Stefan, so einen ausgeklügelten Plan so spontan aufzustellen hätte ich dir gar nicht zugetraut“ „Pass bloß auf, was du sagst!“, antwortete dieser und hob sein Glas demjenigen von Heinz entgegen. Johlend stießen auch alle anderen mit an. Sie feierten ihren Triumph über die Rocker.

„Warum hatten diese Rocker es eigentlich auf dich abgesehen?“, fragt Heinz. „Ja – darüber habe ich mir auch schon Gedanken gemacht“, antwortete Mats.

„Ich kann es dir nicht sagen. Die Einzige Erklärung wäre, dass sie etwas mit diesen beiden Typen zu tun haben, die neulich bei mir waren.“ „Ja natürlich hatten sie das.“ Stefan mischte sich in das Gespräch ein. „Zunächst diese versteckte Drohung der beiden Typen und dann die Aktion von den Rockern. Die wollten Mats eindeutig einschüchtern. Das ist doch wohl klar. Aber denen haben wir es schön gezeigt, oder? Die saßen heulend am Straßenrand neben ihren Maschinen.“ „Welche Maschinen? Ich habe keine gesehen“, rief Andre von der anderen Seite des Tisches herüber und hielt sich dabei beide Hände vor die Augen. Wieder brachen alle in lautes Gelächter aus.

Die Tür ging auf und ein Fremder kam herein. Wie auf einen Schlag wurde es still im Raum. Es entstand eine Pause, denn der Fremde kam ihnen irgendwie bekannt vor. „Darf ich vorstellen!“, durchbrach Stefan die Stille. „Das ist Hauptwachtmeister Andreas Bechtle, ein guter Freund von mir. Und da er sich als Polizist so mutig gegen die Rocker gestellt hat, habe ich mir gedacht, dass er an unserer kleinen Siegesfeier teilhaben sollte.“ Jetzt erkannte auch Mats ihn. „War er etwa eingeweiht?“, fragte Heinz ungläubig. Stefan lachte laut. “Na klar, was denkst du denn wo der so schnell herkam? Glaubst du das war Zufall? Hier kommt doch sonst nie die Polizei vorbei. Passiert ja auch normalerweise nix hier.“ Heinz konnte es kaum glauben. Stefan hatte wirklich an alles gedacht. Er hatte Andre mit dem Rüben Röder ohne Nummernschild vorbei geschickt und direkt seinen Freund bei der Polizei angerufen, um den Fall ‚korrekt‘ aufzunehmen. „Du bist ein echter Freund, und dazu auch noch ein genialer Stratege.“ Mats stieß abermals mit Stefan an und bestellte gleich eine neue Runde für alle.

„Der Deckel geht heute auf mich – das bin ich euch allen hier schuldig“. Abermals johlten alle vor Freude und tranken ihre Gläser leer. Es wurde eine ausgelassene Feier, die bis tief in die Nacht andauerte.

In den kommenden Tagen kamen mit dem Kater nach der Siegesfeier allerdings auch die Zweifel auf, ob die Aktion wirklich ohne Nachspiel bleiben würde. Sie hatten die Rocker schließlich ziemlich provoziert und es war mit einer Rache-Aktion zu rechnen. Ganz zu schweigen davon, dass zu befürchten war, dass jetzt neben Mats auch Andre auf ihrer Liste stehen würde. Man hatte jetzt also schon zwei Personen vor unterschiedlichen Gruppen zu schützen. Sie würden Andreas, den Polizisten, mit in ihre Gruppe aufnehmen und auch einige Mitglieder der Freiwilligen Feuerwehr, die eng mit dem Landwirt Andre befreundet waren, wurden der Gruppe hinzugefügt. Man durfte die Gefahr nicht unterschätzen, die von den beiden Gruppierungen ausging. Die Rocker waren sicherlich sauer, weil ihre Maschinen bei der Aktion beschädigt worden waren. Und die beiden Männer, die Mats für ihre politischen Überzeugungen nutzen wollten, würden auch nicht so einfach Ruhe geben.

Die nächsten Wochen bleiben allerdings zunächst ohne weitere Zwischenfälle. Die Anzahl der Rad-Tourist hatte sich seit den Ereignissen nochmals deutlich erhöht. Der lokale Radiosender hatte über den Anschlag am Martinstag berichtet. Sogar ein Fernsehteam war in den Tagen danach vor Ort gewesen. Das machte die Leute neugierig und sie entschieden sich häufiger für die Radtour entlang des kleinen Flüsschens, welches sich am Dorf vorbeischlängelte. Fridas und Mats Café war durch seine attraktive Lage bei schönem Wetter schon lange eine gern genutzte Anlaufstelle für die Touristen. Jetzt kamen aber auch Neugierige dazu, die allein wegen der Berichterstattungen in den Medien das Dorf ansteuerten. Mit der wieder eingekehrten Routine wuchs auch die Unaufmerksamkeit bei Mats und seinen Mitstreitern.

Niemand bemerkte die beiden Männer, die schon seit einiger Zeit in einer Ecke im Café saßen. Sie benahmen sich betont unauffällig, bis Mats an ihrem Tisch vorüberging. „Wie laufen die Geschäfte?“, fragte der kleinere der beiden. Mats erstarrte. Erst jetzt bemerkte er, dass es die beiden Typen waren, die ihm schon einmal einen Besuch abgestattet hatten. Er blickte sich hilfesuchend um, aber es war keiner seiner Freunde da. Hätte er die beiden früher bemerkt, dann hätte er noch eine Nachricht in die Gruppe abgesetzt, um seine Freunde zu alarmieren, aber dafür war es jetzt zu spät.

„Was wollen Sie?“, fragte Mats. „Das wissen Sie doch bereits“, antwortete der Blonde. „Ich habe mit allen öffentlichen Posts aufgehört. Ich werde mich nicht zu Ihrem Werkzeug machen lassen. Das habe ich Ihnen auch bereits gesagt. Also lassen Sie mich bitte in Frieden!“ Mats wollte sich umdrehen und gehen. „Nicht so voreilig, mein Lieber“, sagte der Blonde. „Denken Sie ernsthaft, Sie könnten mit so einer Nummer wie im Mai so einfach davonkommen? Und erzählen Sie mir nicht, das wäre nicht auf Ihrem Mist gewachsen. Sie sind uns etwas schuldig. Ich weiß nicht, wie lange ich die Rocker noch davon abhalten kann Rache zu nehmen. Aber ich kann Ihnen sagen, dass es nicht sehr schlau war, ihre heiligen Motorräder da hineinzuziehen. Da verstehen die gar keinen Spaß! Und wenn ich denen erzähle, dass Sie hinter der Sache mit dem Traktor stecken, dann kann ich für nichts garantieren.“

„Aber ich habe damit nichts zu tun, außer dass es zufällig vor meinem Café passiert ist", versuchte Mats zu beschwichtigen. „Ach – denken Sie das würde die Rocker interessieren, wenn ich denen sage, dass Sie wissen, wer hinter der Aktion steckt? Was glauben Sie wie schnell die dann hier sind. Und wenn die erst einmal anfangen sie unter Druck zu setzen, dann kann ich nicht garantieren, dass das Ganze für Sie glimpflich endet. Was denken Sie, warum die überhaupt hier waren? Weil Sie sich nicht auf unsere Seite stellen wollen! Ich habe sie damals hierhergeschickt und ich kann es jederzeit wieder tun. Ein Wort von mir genügt und die lassen Ihnen keine ruhige Minute mehr, bis sie wissen, wer hinter der Sache mit ihren Motorrädern steckt."

„Nein!", erwiderte Mats und versuchte so überzeugend wie möglich zu klingen. „Die Antwort ist: Nein! Und nun verlassen Sie bitte mein Lokal. Die Getränke gehen auf mich." Mit diesen Worten drehte er sich um und ging. „Das werden Sie bereuen!", hörte er den Blonden noch sagen. Aber Mats fand, es klang nicht mehr ganz so selbstsicher wie noch zu Anfang des Gesprächs.

Mats meldete den Vorfall mit den beiden ungebetenen Gästen in seinem Café in der Gruppe, die sie nach der Siegesfeier gegründet hatten. Daraufhin verabredeten sie sich für den Abend in Franz' Lokal.

Mats war ein bisschen spät dran, weil die kleine Anna ihn nicht gehen lassen wollte. Sie bestand darauf, heute von ihm ins Bett gebracht zu werden. Irgendwie haben kleine Kinder immer ein Gespür dafür, wenn die Erwachsenen Termine haben.

Als er das Lokal betrat, traute er seinen Augen nicht. Nahezu alle Männer aus dem Dorf waren gekommen, aber auch einige Frauen waren anwesend. Es passte keine Maus mehr rein. Mats war überwältigt. Er empfand dies als klares Zeichen der Solidarität ihm gegenüber und gegen die Versuche der rechten Schergen, ihn für ihre Zwecke zu benutzen. Stefan winkte ihm zu, er solle sich nach vorne zu ihm, Franz, Andre und Andreas, dem Polizisten setzen. Er bemerkte, dass es merklich ruhiger im Saal wurde, als er hindurchging. Ein leises Gemurmel setzte anstelle der Gespräche ein. Mats war ein wenig mulmig zumute, ob der Aufmerksamkeit, die man ihm schenkte.

Stefan ergriff das Wort und erklärte noch einmal allen Anwesenden, worum es ging. Man wollte eine Art Bürgerwehr aufstellen, die allerdings nicht aktiv gegen mögliche Verdächtige vorgehen sollte. Man wollte nur beobachten und sofort die Polizei rufen, sobald man etwas Verdächtiges bemerkte. Zusätzlich sollte eine Meldekette ausgelöst werden, um bei drohender Gefahr möglichst viele Bürger auf die Straße zu bekommen. Dazu sollte die bestehende WhatsApp-Gruppe genutzt werden. Möglichst viele Dorfbewohner sollten darin aufgenommen werden. Diese Präsenz sollte die möglichen Eindringlinge beeindrucken und dazu bringen, das Dorf wieder zu verlassen. Man hoffte, durch die Anwesenheit einer großen Menge potenzieller Zeugen eine Deeskalation zu bewirken.

Andreas ergriff das Wort. Er war als Polizist selbst zu der Versammlung gekommen, um den Beteiligten zu erklären, was eine Bürgerwehr durfte, und was nicht.

„Ich muss hier noch einmal klarstellen: Es geht nicht darum, dass ihr als Bürgerwehr im Dorf patrouilliert, wie man es sonst oft von Bürgerwehren hört. Das geht meistens schief, wenn es dann tatsächlich einmal zu einem Zwischenfall kommt. Und leider ist es dann auch häufig so, dass sich die Beteiligten der Bürgerwehr selbst strafbar machen. Das wollen wir auf keinen Fall. Ich weise auch noch einmal ausdrücklich darauf hin, dass es nicht erlaubt ist, dass ihr irgendwelche Waffen bei euch habt."

„Dann können wir das ganze doch gleich sein lassen. Wenn diese Rocker kommen, dann müssen wir uns doch irgendwie zur Wehr setzen können. Die werden auch nicht ohne Waffen oder zumindest Schlagstöcke hier aufkreuzen. Und wenn wir dann unbewaffnet aus unseren Häusern kommen, dann werden sie diese auch einsetzen und uns wieder rein treiben." Der Zwischenruf kam von Willi Bolten, dem Bootsverleiher. Er war bekannt für seine rabiate Art.

„Es geht nicht darum sich mit denen zu prügeln", antwortete Stefan, „wir wollen nur möglichst viele Leute auf der Straße haben, um denen zu zeigen, dass alles was sie vorhaben unter Zeugen stattfindet. Das soll sie im Idealfall davon abhalten und verscheuchen." „Spaten und Mistgabel sind ja keine Waffen. Die werde ich dann schon mitbringen", rief jetzt Andre in die Runde. „Vor meinem Rüben-Röder hatten die ja auch Respekt." Jetzt brachen einige der Anwesenden in zustimmendes Gemurmel aus. „Ja, und mein kleiner Benny kommt auch mit. Unbewaffnet natürlich, aber ohne Halsband", legte Willi nach. Benny war sein Rottweiler. Der passte normalerweise nachts in seiner Halle auf die Boote auf.

„Das bringt doch nichts!“ rief jetzt Mats in die entstandene Unruhe. „Wir wollen es doch nicht auf einen offenen Konflikt mit denen anlegen. Dann würden wir uns doch auf deren Niveau herablassen. Wir müssen die mit unseren Waffen schlagen, und damit meine ich nicht Mistgabel und Spaten, Andre! Ich meine, dass wir schlauer sein müssen als sie und dabei das Gesetz und die Polizei auf unserer Seite behalten müssen. Aber das geht nur wenn wir uns auch an das Gesetz halten.“

Mats, Stefan und Andreas schafften es im weiteren Verlauf der Diskussion, die anderen davon zu überzeugen, dass der gewaltfreie Widerstand der bessere Weg wäre um sich gegen die Rocker zur Wehr zu setzen. Alles andere würde nur zu einer weiteren Eskalation führen. Andreas sicherte für die Polizei zu, dass sie im Falle einer Alarmierung schnellstmöglich vor Ort sein würden.

Mats war am Ende erleichtert, dass der Plan angenommen wurde. Jetzt mussten sie nur hoffen, dass sich im Ernstfall auch alle daran hielten.

Dicke Luft im Paradies

Das Licht war abgedunkelt und aus den Lautsprechern dröhne Heavy Metall-Musik. Die Luft war schwer vom Qualm unzähliger Zigaretten, fast als könnte man sie in Streifen schneiden. Von einem Rauchverbot in geschlossenen Räumen schien hier niemand etwas zu wissen.

Der schmächtige Blonde und der größere Mann mit langem Mantel und Springerstiefeln hielten kurz inne. Sie schauten auf die Leuchtwerbung über der Eingangstür zum Lokal. ‚Zum Paradies' stand darauf. Sie traten ein und gingen direkt auf den vollbärtigen Kuttenträger zu, der zentral an der Theke auf einem Barhocker saß. Er unterhielt sich angeregt mit zwei weiteren Rockern in Lederjacken. Die anderen im Raum Anwesenden beobachteten die Neuankömmlinge ein wenig argwöhnisch. Anscheinend waren sie nicht sonderlich willkommen. Als der Vollbärtige sie erblickte, stoppte er sofort das Gespräch und wies sein beiden Gesprächspartner mit einer Geste an, sich zurück zu ziehen.

„Was wollt ihr denn hier? Hatten wir nicht vereinbart, dass wir uns nicht persönlich treffen?" „Ja, das hatten wir", entgegnete der Schmächtige. „Aber ich habe gehört, dass eure Mission nicht sonderlich erfolgreich gewesen sein soll. Und darüber sollten wir reden, denke ich". Langsam und ein wenig bedrohlich wirkend stand der bärtige Rocker auf. Niemand im Raum sprach auch nur ein weiteres Wort. Alle Blicke waren nun auf das Trio am Tresen gerichtet. „Jetzt hör mir mal gut zu, Keppler! Es gehört schon eine ganze Menge Mut dazu, dass ihr hier aufkreuzt nach dem, was ihr uns da eingebrockt habt. Die waren auf unseren Besuch vorbereitet. Es war sogar Polizei da, sodass wir sehr vorsichtig sein mussten. Das war ein abgekartetes Spiel, was da in diesem Dorf gelaufen ist.

Es muss eine undichte Stelle bei euch geben. Die solltet ihr schnellstmöglich finden. Ich will den Namen des Verräters wissen, vorher stehen wir für solche Aktionen nicht mehr zur Verfügung." Nach einer kurzen Pause fügte er hinzu: „Und den Schaden an unseren Motorrädern ersetzt ihr uns auch. Sag das deinem Chef. Und jetzt verschwindet, bevor ich es mir anders überlege und euch eine Abreibung verpasse." Ohne ein weiteres Wort setzte er sich wieder hin und drehte den beiden den Rücken zu. „Warte! Ich will es erklären", setzte Keppler an, aber es standen schon mehrere Rocker zwischen ihm und dem Bärtigen und schoben die beiden Besucher langsam in Richtung Ausgangstür.

„Das wird dem Chef nicht gefallen!", rief Keppler noch, bevor er einen stärkeren Stoß bekam und rückwärts aus der Tür auf den Boden fiel. Sein Freund wollte aufbegehren, aber sie waren von gut einem Dutzend Rocker umringt. Er bemerkte, dass Widerstand sinnlos war und hob Keppler vom Boden auf. Die beiden verzogen sich lieber, stiegen in ihren Wagen und fuhren mit quietschenden Reifen davon.

Keppler war der Mittelsmann zwischen den Rockern und seinem Auftraggeber. Er wollte gerne selbst zu einer der führenden Persönlichkeiten in seiner Organisation werden. Aber dazu musste er erst beweisen, dass man auf ihn zählen konnte. Da war so eine missglückten Aktion, wie die im Dorf natürlich nicht sehr hilfreich. Das hatte man ihm klar zu verstehen gegeben. Er saß auf dem Beifahrersitz und wählte eine Nummer auf seinem Handy. Er wartete kurz, bis sich am anderen Ende jemand einstellte.

„Ja. Ich bin's", sagte er. „Nein, es hat nicht geklappt. Die sind stinksauer wegen ihrer Bikes. Ja, natürlich habe ich ihnen das gesagt. Aber die sind ziemlich rabiat geworden und haben uns rausgeworfen. Die wollen die Schäden an allen Maschinen ersetzt haben. Sonst machen sie nicht mehr mit haben sie gesagt." Es gab eine kurze Pause. „Hallo?", fragte Keppler. „Sind Sie noch dran? Ah, okay. Ja das ist gut. Bis dann." Er legte auf.

„Jetzt fahr schon schneller und glotz mich nicht so doof an!", fuhr er seinen Freund an. Der schüttelte nur mit dem Kopf, schaute wieder auf die Straße und gab Gas.

Wenige Minuten später klingelte das Handy des Bärtigen. Das Gespräch war nicht zu verfolgen, weil die Musik nach dem vermeintlichen Sieg der Rocker gegen die beiden Besucher lauter gedreht worden war und die Rocker sich selbst feierten. Eine Geste mit erhobener Hand wies den Mann hinter dem Tresen an, die Musik leiser zu drehen, was er auch sofort tat.

„Ja - … Ok… Alles klar. Sobald das Geld für die Reparatur der Bikes auf meinem Konto ist melde ich mich und wir sprechen die weitere Vorgehensweise ab… Nein! Für solche großen Aktionen stehen wir vorerst nicht zur Verfügung.

Wo? In der JVA? Ja, da haben wir jemanden, der noch ein paar Schulden bei uns hat. Ok. Ich melde mich." Er legte auf. Alle sahen ihn an. „Mach endlich die Musik wieder an! Was glotzt ihr alle so", blaffte er die Umstehenden an.

Die Musik wurde wieder lauter und die Gespräche wurden wieder aufgenommen. Aber die Stimmung war nicht mehr so gelöst, wie vor dem Gespräch. Irgendwie ahnten alle, dass ihr Boss zurechtgewiesen worden war. Und das mochte er gar nicht. Seine Stimmung war dann Tage lang schlecht.

Kein Ausweg

Kommissar Sharin war nach seinem missglückten Anschlag auf Mats Norgren in die Untersuchungshaft gekommen. Man hatte ihn bereits am nächsten Tag dem Haftrichter vorgeführt. Die Beweise, die gegen ihn vorlagen, waren eindeutig. Außerdem musste man davon ausgehen, dass er nochmal versuchen würde Mats zu töten. Daher konnte es keine andere Entscheidung geben, als ihn bis zum Prozess in Untersuchungshaft zu nehmen.

Die Beweislage war zwar eindeutig, aber trotzdem wollte die Staatsanwaltschaft gerne erfahren, was sein Motiv gewesen war, Mats Norgren umzubringen. Er hatte Mats gegenüber erwähnt, dass er sich für den Tod seines Bruders an ihm rächen wollte. Das war soweit klar. „Aber Sie haben Norgren gegenüber auch erwähnt, dass Ihr Bruder durch die Vereitelung des Attentates auf den Martinszug daran gehindert wurde weitere – ich zitiere Sie: ‚Nazi-Polizisten zu töten' – was haben Sie damit gemeint?", fragte Staatsanwalt Neumann. „Das habe ich nicht gesagt", antwortete Sharin. „Das hat Herr Norgren aber so zu Protokoll gegeben. Und er konnte sich sehr genau daran erinnern, hat er gesagt", Neumann beugte sich zu Sharin vor. „Dann lügt er." Sharin kniff die Augen zusammen und beugte sich ebenfalls vor. „Sie sind doch selber Polizist. Sie müssen doch wissen, dass wir die Wahrheit sowieso herausbekommen. Warum geben Sie es dann nicht gleich zu. Sie würden uns viel Arbeit ersparen und sich selbst die Zeit in der Untersuchungshaft verkürzen." Neumann versuchte Sharin zu überzeugen. Aber es war zwecklos.

„Es steht Aussage gegen Aussage. Warum sollten Sie also einem Polizisten weniger Glauben schenken als einem verlogenen Cafébesitzer?“, gab Sharin zurück. „Ich sehe schon – heute kommen wir nicht weiter. Bringen Sie ihn wieder zurück in seine Zelle.“ Das war an den Beamten gewandt, der Sharin in den Vernehmungsraum gebracht hatte und jetzt wartend neben der Tür stand. Der Beamte kam auf Sharin zu und wollte ihn am Arm herausführen. Doch Sharin riss seinen Arm weg und fauchte den Beamten an: „Ich kann alleine laufen!“ Aber das führte nur dazu, dass der Beamte etwas fester zugriff. „Sie tun mir weh!“, schrie Sharin ihn an. Der Beamte sah zum Staatsanwalt hinüber. Dieser nickte nur kurz als Zeichen, dass es in Ordnung war, wenn er Sharin losließe. Er verstand und lockerte seinen Griff. „Aber keine Faxen machen!“, herrschte er Sharin an bevor er ihn ganz losließ.

Sie gingen durch die Gänge der Anstalt zu Sharins Zelle zurück. Der Beamte öffnete die Tür und wies ihn an hineinzugehen.

Sharin sah sofort das Bild an der Wand. Es war noch nicht dagewesen, als er vorhin abgeholt wurde. Er blickte den Beamten an, aber dieser schien nichts bemerkt zu haben. Ohne aufzublicken schloss er die Tür von außen und verriegelte sie. Sharin sah sich das Bild an und zuckte zusammen. Ein eiskalter Schauer lief ihm über den Rücken. Auf dem Bild war er mit seiner Ex-Frau und seiner Tochter zu sehen. Es war ein Bild, welches vor ungefähr zwei Jahren in ihrem letzten gemeinsamen Urlaub aufgenommen worden war. Kurz danach hatte sich seine damalige Frau von ihm getrennt und war mit ihrer Tochter zurück in ihre Heimat nach Bayern gegangen. Seitdem hatte er die beiden nur noch selten gesehen. Allerdings war das Gesicht seiner Tochter auf dem Bild herausgeschnitten worden. Sharin wusste sofort was das bedeutete: Es war eine eiskalte Drohung! Aber wer drohte ihm und was wollte man von ihm?

Er war entsetzt und hatte Angst. Aus der Untersuchungshaft war es ihm nicht erlaubt Kontakt nach Außen aufzunehmen – außer über seinen Anwalt. Aber der kam erst morgen wieder. Wenn er doch nur wüsste was man von ihm wollte. Er nahm das Bild in die Hand. Erst jetzt bemerkte er, dass etwas auf der Rückseite angebracht war. Er drehte das Bild um und erstarrte wieder. Es war eine Rasierklinge. Unter der Rasierklinge befand sich eine Nachricht.

‚Es wäre schade, wenn deiner hübschen kleinen Tochter etwas zustößt. Wir können für ihre Sicherheit garantieren – wenn du das Richtige tust!'

Augenblicklich wurde Sharin klar was man von ihm wollte – er sollte sich selbst umbringen. Erneut lief ihm ein eiskalter Schauer den Rücken herunter. Er bemerkte, dass seine Hände zitterten. Aber er wollte nicht wahrhaben, was dort stand. Er las sich die Nachricht noch einmal durch. Es war eindeutig. Eine klare Aufforderung sich umzubringen, wenn er verhindern wollte, dass seiner Tochter etwas geschah. Wie waren diese Leute an das Bild gekommen? Und wer war es, der ihn bedrohte? Von hier drinnen konnte er nichts tun, um seine Tochter zu schützen. Sollte er sich jemandem anvertrauen? Er zermarterte sich die ganze Nacht lang den Kopf, aber er kam zu keinem Ergebnis. Was sollte er nur tun? Er war verzweifelt.

Am nächsten Morgen wurde er erneut zur Vernehmung abgeholt. Als er in den Verhörraum gebracht wurde, erschrak er erneut. Dort saß neben Staatsanwalt Neumann noch ein weiterer Mann. Sein Kollege, Hauptkommissar Mertens! Wie konnte es sein, dass Mertens die Ermittlungen gegen ihn führte. Sie waren in der gleichen Abteilung tätig gewesen. Normalerweise wurde eine Ermittlung gegen einen Polizeibeamten immer an eine andere Dienststelle vergeben.

„Wundern Sie sich nicht darüber, dass Hauptkommissar Mertens anwesend ist", sagte Neumann „Er hat noch ein paar Fragen zum Anschlag auf den Sankt Martinszug im vergangenen Jahr. Diese wird er vorab stellen. Danach unterhalten wir uns weiter. Ich gehe in der Zwischenzeit einen Kaffee holen. Rufen Sie mich dann wieder herein, wenn Sie fertig sind, Herr Mertens? Danke." Er stand auf und verließ den Raum.

Der Beamte, der Sharin gebracht hatte verließ ebenfalls den Raum und wartete draußen vor der Tür. Sharin war mit Mertens alleine. Sie sahen sich eine Weile stumm an. „Ich weiß, dass du es auch auf mich abgesehen hattest", unterbrach Mertens die Stille. „Ich will dir nur ein Foto zeigen." Er legte ein Foto auf den Tisch und Sharin verlor sofort jede Farbe aus dem Gesicht. Auf dem Foto war seine Tochter zu sehen. Aber im Gegensatz zu dem Foto in seiner Zelle war es ein aktuelles Foto. Im Hintergrund sah man zwei von diesen Rockern. Einer stand mit dem Rücken zum Betrachter, damit man die Aufschrift auf seiner Kutte sehen konnte. Der andere grinste ins Bild und hielt die rechte Hand an seine Kehle. Mit der linken Hand zeigte er auf Sharins Tochter.

„Antworten Sie bitte nur mit ‚ja' oder ‚nein'! Erkennen Sie jemanden auf dem Foto?" „Sie Schwein!", antwortete Sharin mit gebrochener Stimme. „Nur ‚ja' oder ‚nein'!" forderte ihn Mertens abermals auf. „Ja", gab Sharin kleinlaut zurück. „Gut. Dann habe ich keine weiteren Fragen mehr." Ohne ein weiteres Wort stand er auf und ging zur Tür. „Sie wissen was Sie zu tun haben!" Er öffnete die Tür und ging hinaus.

Neumann kam wieder herein und setzte sich Sharin gegenüber. Er versuchte es heute auf die freundliche Tour, um Sharin davon zu überzeugen, dass Kooperation die bessere Variante für ihn war und dass es sich strafmildernd für ihn auswirken konnte, wenn er bei der vollumfänglichen Aufklärung seiner Tat behilflich wäre. Aber Sharin konnte ihm überhaupt nicht zuhören. Er antwortete auf keine einzige seiner Fragen und saß nur stumm da. Neumann brach daher das Verhör bereits nach kurzer Zeit wieder ab und Sharin wurde zurück in seine Zelle gebracht.

Er saß still vor dem Foto. Daneben lag die Rasierklinge. Er musste es tun, es war die einzige Möglichkeit seine Tochter zu schützen. Tränen der Verzweiflung liefen an seinen Wangen herunter. Er nahm die Rasierklinge und setzte sie an seinen Unterarm. Er spürte den Schnitt kaum. Es wurde nur warm als das Blut aus der Wunde lief. Er zog die Rasierklinge hoch. Das Blut quoll jetzt in großen Mengen aus der Wunde. Sharin wurde kalt. Er war sehr müde. Er wollte zum Bett gehen, brach aber vorher zusammen und fiel vorwärts auf den kalten Zellenboden.

Eine reine Routinekontrolle

Bei Häftlingen, bei denen die Gefahr eines Selbstmordes besteht, wird in regelmäßigen Abständen die Zelle durch einen Beamten kontrolliert. Für die junge Justizhelferin Denise war es die erste Runde, die sie alleine absolvierte. Sie war erst seit gut drei Monaten in der JVA tätig und bisher nur gemeinsam mit erfahrenen Kollegen unterwegs gewesen.

Die Routinekontrollen bei suizidgefährdeten Häftlingen waren eine der ersten Aufgaben, die man den Neulingen alleine zutraute. Schließlich wurden dabei keine Zellen aufgeschlossen, sondern nur durch die Klappe in der Tür, den sogenannten Spion, hineingeschaut. Sobald etwas auffällig war, musste ein Alarm ausgelöst werden. Es mussten mindestens drei Beamte anwesend sein, bevor die Tür geöffnet werden durfte. Das war Vorschrift. Dazu kam, dass es im vergangenen Jahr nur einen einzigen Suizid in der JVA gegeben hatte, in diesem Jahr noch gar keinen. Es handelte sich daher für die Beamten um eine reine Routinekontrolle.

Denise war fast durch mit ihrer Runde. Jetzt musste sie lediglich noch den Gang mit den Untersuchungshäftlingen kontrollieren. Hier saßen im Moment nur zwei Häftlinge ein. Sie stand vor der Tür von Zelle Nummer Neun und öffnete die Klappe. Sie schaute hinein und traute ihren Augen nicht. Es war niemand zu sehen! Das konnte nicht sein. Ihr Puls erhöhte sich. Aber sie wollte nicht direkt den Alarm auslösen. Deshalb funkte sie ihren Kollegen an.

„Mike, ist der Stegemeier aus der neun zum Verhör?", fragte sie. „Nein", kam die prompte Antwort von ihrem Kollegen. „Aber warte, ich schau zur Sicherheit nochmal im Buch nach." Es gab ein Logbuch, in dem jede Abwesenheit der Häftlinge protokolliert werden musste. Da würde schon drinstehen, wenn der Häftling fehlte, aber sie konnte sich nicht erinnern, dass für den Häftling aus der Zelle Neun etwas daringestanden hätte. Sie hatte vor ihrem Rundgang noch selbst das Logbuch kontrolliert. Darin hatte lediglich gestanden, dass der Häftling aus der acht, Sharin war sein Name, heute Vormittag zum Verhör war. Aber auch der war schon vor fast einer Stunde zurückgebracht worden.

Sie beschloss, noch einmal nachzuschauen, während sie auf die Antwort ihres Kollegen wartete. Sie öffnete die Klappe nochmal und ging mit ihrem Gesicht ganz nah heran. Es war nichts zu sehen. „Der muss aber eigentlich da sein", hörte sie ihren Kollegen durch das Funkgerät. Sie nahm das Gerät und drückte auf die ‚Sprechen'-Taste. Genau in diesem Moment sprang der Häftling von innen vor die Tür und war mit seinem Gesicht direkt vor ihrem. Er zog dabei eine furchterregende Grimasse und schrie laut, wie ein wildes Tier. Sie bekam einen höllischen Schrecken und fuhr zurück. Dabei schrie sie laut auf.

„Denise! Was ist los bei dir?", rief ihr Kollege durch das Funkgerät. Sie antwortete nicht direkt. Sie musste sich erst einmal von dem Schrecken erholen. Sie hörte den Häftling in seiner Zelle laut lachen. Er fand das ganze anscheinend sehr witzig! „Denise! Um Himmels Willen! Was ist los bei dir?" Langsam wurde ihr Kollege nervös. Denise hatte sich wieder gefangen und musste jetzt selbst ein wenig schmunzeln.

„Alles gut!", beruhigte sie ihren Kollegen. „Der hat sich nur einen dummen Scherz erlaubt, der Blödmann. Hat sich hinter der Tür versteckt um mich zu erschrecken." Eine kurze Pause trat ein. Der Häftling hinter der Tür hatte sich immer noch nicht wieder eingekriegt. Er lachte immer noch. „Es tut mir leid", hörte Denise jetzt ihren Kollegen Mike am Funkgerät sagen. „Das machen die gerne, wenn sie mitbekommen, dass ein Neuling alleine auf einer der ersten Routinekontrollen unterwegs ist. Ich habe vergessen dich davor zu warnen. Aber wie zum Teufel hat der das überhaupt mitbekommen." „Schon gut", gab Denise zurück. „Ich geh jetzt noch kurz bei diesem Sharin in der acht vorbei, dann komme ich zurück. Kannst ja schonmal den Kaffee fertig machen."

Sie war jetzt seit fast drei Monaten hier in der JVA und hatte sich bereits an die derben Scherze der Insassen gewöhnt. Daher hakte sie den Vorfall einfach ab und ging zur nächsten Zelle.

Sie öffnete die Klappe und schaute hinein. Jetzt fuhr ihr abermals der Schreck in die Glieder. Sharin lag in einer großen Blutlache auf dem Boden seiner Zelle. Sie wurde blass und schrak von der Tür zurück. Sie nahm ihr Funkgerät in die Hand „Mike?", fragte sie unsicher. „Ja, ich höre", kam es postwendend von der anderen Seite. „Mike, die machen aber nicht noch ganz andere Scherze mit einem, oder?" „Was meinst du?", fragte Mike verwundert. „Der liegt da in einer Blutlache in seine Zelle auf dem Boden. Der springt jetzt nicht auch gleich auf, oder?" Sie zitterte. „Bleib wo du bist und geh nicht nochmal an die Tür. Hörst du?" Jetzt war auch Mike nervös geworden.

Sie hörte den Alarm, den Mike ausgelöst hatte. Wenige Augenblicke später war er zusammen mit zwei weiteren Kollegen bei ihr. Sie saß kreidebleich auf dem Boden im Gang vor der Tür. Die Klappe stand noch offen. Mike schaute hinein und sah Sharin bäuchlings auf dem Boden liegen. Einer der beiden Kollegen ging zu Denise. „Komm", sagte er. „Steh auf!" Er half ihr hoch und stützte sie. Die beiden anderen hatten die Tür der Zelle geöffnet und waren bereits neben Sharin. Mike fühlte an seinem Hals ob er einen Puls spüren konnte. Er sah seinen Kollegen an und schüttelte den Kopf. Trotzdem riefen sie den Notarzt.

Mike schaute sich um. Auf dem Tisch lag ein Foto, auf dem zwei Frauen zu erkennen waren. Bei einer der beiden hatte man das Gesicht aus dem Foto herausgeschnitten. Er zog seine Handschuhe an und nahm das Foto vom Tisch. Auf der Rückseite stand eine Nachricht: ‚Es wäre schade, wenn deiner hübschen Tochter etwas zustößt. Wir können für ihre Sicherheit garantieren. Aber nur, wenn du das Richtige tust!' Neben dem Foto lag eine blutverschmierte Rasierklinge. Mike griff zum Telefon. Das hier war ohne Zweifel ein Fall für den Staatsanwalt und die Kripo.

Der Notarzt traf ein. Mike hatte am Eingang Bescheid gegeben, dass es einen Suizidversuch im Trakt der U-Häftlinge gab. Die Kollegen hatten den Notarzt daher auf dem schnellsten Weg hergeführt. Aber es war zu spät. Sharin war bereits tot. Der Notarzt konnte nichts mehr tun.

Hauptkommissarin Schäfer und Staatsanwalt Neumann trafen fast gleichzeitig am Tatort ein. Nach einer kurzen Aufnahme der Situation riefen sie die Spurensicherung dazu, um jedes Detail festhalten und untersuchen zu lassen.

Leider stellte sich heraus, dass es weder auf dem Foto, noch auf den Rasierklingen irgendwelche Fingerabdrücke, außer denen von Sharin gab. Auch an der Tür oder sonst irgendwo in der Zelle gab es keine verdächtigen Abdrücke von Personen, die keinen offiziellen Zugang dazu gehabt hätten. Auch sonst konnte man nichts finden, was in irgendeiner Form darauf hingewiesen hätte, wer Sharin derart unter Druck gesetzt hatte, dass dieser sich selbst umgebracht hatte. Es würde nicht leicht werden, dies herauszufinden.

Die Verhandlung

Die Verhandlung war als nicht öffentlich angesetzt worden. Damit waren weder Zuschauer, noch Angehörige der Opfer oder von Mats als Beschuldigtem zugelassen.

Mats war sehr froh drüber, weil er große Angst davor gehabt hatte, dass weitere Angehörige des mutmaßlichen Attentäters kommen könnten, um ihn zu bedrohen. Die Alpträume kamen zwar mittlerweile nicht mehr so oft, aber manchmal wachte er immer noch nachts schweißgebadet auf und konnte sich deutlich an die Bilder erinnern, wie der Mann blutend im Auto gesessen hatte oder wie Sharin vor ihm stand und mit der Pistole auf ihn zielte, um sich an ihm zu rächen.

Jetzt saß er hier auf der Anklagebank, weil im Prozess geklärt werden sollte, ob seine Tat als Notwehr einzustufen war. Sein Anwalt hatte im Vorfeld versucht ihn zu beruhigen, und ihm mehrmals gesagt, dass es eigentlich nur um ein Formsache handele, und dass der Staatsanwalt gar keine andere Wahl hätte, als ihn frei zu sprechen. Aber Mats war trotzdem sehr nervös.

Die Ermittlungen waren zunächst ins Stocken geraten. Eigentlich waren sich die Ermittler sicher, dass es sich um den Anschlag einer islamistischen Gruppe handeln müsste, aber man konnte dem vermeintlichen Attentäter keine Verbindung zu einem radikalen Netzwerk oder dergleichen nachweisen. Er war auch im Vorfeld in keines der gängigen Ermittlungsnetze verstrickt, sodass man im Verlauf der Ermittlungen auch der These nachgegangen war, dass es sich um die Tat eines Einzeltäters handeln könnte. Erst seit dem versuchten

Mordanschlag auf Mats durch den ehemaligen Kommissar Rahman Sharin war klargeworden, dass der Attentäter nicht ganz allein gehandelt hatte. Zumindest sein Bruder Sharin hatte ihm geholfen. Ob es weitere Mittäter gab, konnte nicht ermittelt werden. Sharin war kurz nach seiner Verhaftung mit aufgeschnittenen Pulsadern tot in seiner Zelle aufgefunden worden. Woher er die Rasierklingen hatte, die er dazu benutzte, fand man nicht heraus, aber man ging von Selbstmord aus, weil man neben seiner Leiche ein Foto von seiner Frau und seiner Tochter mit einer eindeutigen Drohung darauf gefunden hatte. Man hatte ihn zum Selbstmord genötigt, soviel war klar. Es konnte aber nicht ermittelt werden, wer ihn derart unter Druck gesetzt hatte, dass er keinen anderen Ausweg mehr gewusst hatte, als sich selbst zu töten.
Es hatte vor seiner Tat und auch bis zu seinem Auffinden niemand außer den ermittelnden Beamten Zugang zu seiner Zelle gehabt. Unglücklicherweise war genau an diesem Tag die Kameraüberwachung in diesem Zellentrakt ausgefallen. Mittlerweile war klar, dass es sich hierbei um bewusste Manipulation handeln musste, aber mehr war leider auch hier nicht herauszufinden.

Das alles spielte für Mats im Moment allerdings nur eine untergeordnete Rolle. Er saß hier im Gerichtssaal auf der Anklagebank und sah sich der Anklage ausgesetzt, dass es sich nach der Sachlage der Fakten möglicherweise nicht um Notwehr, sondern um fahrlässige Tötung handeln könnte. Entscheidend war, ob Mats und sein Anwalt erklären konnten, warum er die Steinschleuder mitgebracht hatte. Ihre Strategie baute darauf, dass es sich um ein Versehen gehandelt habe und er die Steinschleuder lediglich eingepackt hatte, als Frida ihn zur Eile gerufen hatte.

Sowohl Stefan, als auch die damals anwesenden Polizisten wurden als Zeugen vernommen. Stefan bestätigte als Zeuge Mats Aussage, dass dieser den Schuss erst abgegeben hatte, als der Wagen bereits den Streifenwagen gerammt hatte. Auch die Ermittler der Polizei waren anhand der Spurenlage mittlerweile zu der Erkenntnis gekommen, dass es sich genauso abgespielt haben musste.

Die Verhandlung war daher tatsächlich nur eine reine Formsache, und schließlich kam das Gericht zu dem Schluss, dass man bei Mats‘ Schuss tatsächlich von Nothilfe für die Polizisten ausgehen dürfe, weil damit letztendlich Schlimmeres verhindert worden war.

Mats war unendlich erleichtert. Er hatte große Angst vor diesem Tag gehabt und seit einigen Nächten bereits nicht mehr schlafen können. Bei der Urteilsverlesung brach er in Tränen der Erleichterung aus. Nachdem die Urteilsbegründung verlesen war, fiel er seinem Anwalt, Herrn Stelberg um den Hals und bedankte sich bei ihm. Dann aber beeilte er sich aus dem Saal zu kommen, denn draußen erwartete ihn bereits seine Familie.

Frida sah es sofort an seiner Haltung und seinem Gesichtsausdruck. Er konnte ihr nach so langer Zeit einfach nichts mehr verheimlichen. Dafür kannte sie ihn zu gut. Er hörte sie vor Freude schreien und sah wie sie auf ihn zu stürmte. Sie umarmten sich innig. Worte waren nicht notwendig. Beiden liefen Tränen der Freude die Wangen herunter. Klara kam ein wenig verstört dazu und die beiden wendeten sich ihr zu und nahmen auch sie in die Arme.

Die kleine Anna fing ebenfalls an zu weinen, weil sie die Situation noch nicht richtig einordnen konnte. Sie sah Mama und Papa weinen und fühlte sich nicht wohl dabei. Vera, Stefans Frau, hatte die Kleine genommen, als Mats aus dem Gerichtsgebäude gekommen war. Sie gingen alle drei zu ihr, Mats nahm die kleine Anna auf den Arm und Frida und Klara umarmten Mats erneut. So standen sie eine ganze Zeit lang da, ohne dass jemand ein Wort sagte. Klara durchbrach als Erste die Stille. „Können wir jetzt nach Hause gehen? Ich habe Durst“, sagte sie. „Ja“, sagte Frida voller Zufriedenheit. „Ja, das können wir. Wir können alle zusammen nach Hause gehen.“ Eine tiefe Befriedigung hatte sich in ihrem Inneren eingestellt.

Erst vor wenigen Minuten noch war da nichts als Angst gewesen und das Gefühl, wie zerbrechlich doch so ein kleines Familienglück sein konnte. Aber jetzt war dieses Gefühl verschwunden und sie fühlte sich irgendwie leicht und unendlich froh, dass ihre Familie nun wieder mit der Gewissheit leben konnte, dass zumindest dieses Verfahren ihrem Glück nicht mehr im Weg stand.

Auch Mats war erleichtert. Man konnte es ihm beinahe ansehen. Er stand nur da und lächelte alle an, obwohl auf seinen Wangen noch die Reste der getrockneten Tränen zu sehen waren. Er nahm Klara an die Hand und ging mit ihr zum Auto. Anna auf seinem anderen Arm klammerte sich fest um seinen Hals. „Hey ihr drei!“, hörten sie Frida von hinten rufen. „Habt ihr nicht jemanden vergessen?“ Klara drehte sich sofort um „Nein, komm schon Mama“, rief sie und rannte auf sie zu. Sie nahm Fridas Hand und zog sie mit sich. Unterwegs hielten sie noch an einem Supermarkt an.

Sie kauften eine Flasche Wein, Limo, Chips, Schokolade und Popcorn. „Wir haben heute etwas zu feiern!", hatte Mats unterwegs gesagt. Die Kinder waren begeistert, so wie Kinder es immer sind, wenn man sagt, dass es eine Feier gibt. Sie bestellten zuerst Pizza. Klara liebte Pizza. Danach spielten sie alle zusammen ‚Mensch ärgere dich nicht!'. Die kleine Anna spielte natürlich nicht selbst, sondern jeder würfelte einmal für sie und setzte ihre Figuren weiter. Einmal wollte sie selbst Würfeln. Das klappte auch ganz gut, aber als sie die Figur selbst weiter setzen wollte, flogen mit einem Wisch alle anderen Figuren quer über den Tisch. Klara wollte gerade protestieren und losheulen, aber weil Frida und Mats spontan laut loslachen mussten, stimmte auch sie mit ein. Und nach wenigen Sekunden lachte auch die kleine Anna mit.

Zum Abschluss durfte Klara sich noch einen Film aussuchen. „Pippi Langstrumpf!", rief sie mit lauter Begeisterung. Und Anna plapperte ihr nach „ini nanzunz!" Wieder brachen alle in lautes Gelächter aus. Frida suchte den Film in der Online-Bibliothek und sie setzten sich aufs Sofa. Mats holte Gläser und die vorher gekauften Getränke und Süßigkeiten. Als der Film vorüber war, waren alle sehr müde und die Kinder gingen zufrieden schlafen.

Mats und Frida gingen ebenfalls ins Bett. Sie redeten noch sehr lange darüber, ob nun alles gut würde. Aber Mats war immer noch sehr beunruhigt. Sharin lebte zwar nicht mehr, aber er machte sich weiterhin Sorgen darum, wie die Rocker reagieren würden. Die offene Drohung der beiden ungebetenen Besucher stand immer noch im Raum. Sie würden sicherlich irgendwann die Rocker aufhetzen, um sich an ihm oder möglicherweise auch an Andre zu rächen.

Wie würde diese Rache dann aussehen? Ja, sie hatten jetzt den Prozess hinter sich und endlich Gewissheit, dass Mats nicht ins Gefängnis musste, aber das bedeutete noch nicht, dass ihr kleines Familienglück nicht mehr in Gefahr war.

Es brennt

Mats schreckte hoch, als sein Handy klingelte. Es war der Gruppen-Ton für den vereinbarten Alarm. Er war auf der Stelle hellwach und sprang aus dem Bett. Blitzschnell schlüpfte er in seine bereitgelegten Sachen und bemerkte dabei aus dem Augenwinkel ein merkwürdiges Flackern durch das Fenster.

Er schaute genauer hin und sah, dass die Scheune auf Andres' Hof in Flammen stand. Das musste der Grund für den Alarm sein. Im selben Moment hörte er auch schon die Sirenen heulen. Auch sie meldeten nun den Brand. Er lief aus dem Haus.

Erst jetzt bemerkte er, dass auch Frida neben ihm war. Er war so fixiert auf den Alarm gewesen, dass er gar nicht bemerkt hatte, wie auch sie aufgeschreckt war und sich angezogen hatte. Sie hatten kein Wort gesprochen, aber das war auch nicht nötig gewesen. Sie wussten beide, wenn eine Situation ernst war. Dann verstanden sie sich auch ohne Worte.

Draußen bot sich ihnen ein bizarres Bild. Hier die Scheune, die hellauf in Flammen stand, dort hörte man aus der Ferne die Sirenen der sich annähernden Feuerwehrfahrzeuge. Aus der Ferne sah man bereits das Blaulicht in der Dunkelheit zucken.

Überall aus den Häusern kamen die Nachbarn auf die Straße gelaufen. Viele hatten die vereinbarte Alarm-Nachricht auf ihren Handys erhalten, andere hatten die Sirenen gehört und waren davon aufgeschreckt worden.

Stefan kam in einem höllischen Tempo auf Mats und Frida zugefahren und bremste mit quietschenden Reifen direkt neben ihnen. „Steig ein!", rief er Mats durch die geöffnete Seitenscheibe zu. „Was ist los?", fragte Mats. „Erklär ich dir später. Beeil dich", schrie Stefan. Ohne ein weiteres Wort stieg Mats ein und Stefan fuhr mit quietschenden Reifen wieder los.

„Ich habe ein Motorrad hinten an der Bäckerei gesehen. Hab mir erst nichts dabei gedacht, aber es könnte einer von den Rockern gewesen sein. Wenn wir die Abkürzung über den Fluss nehmen, können wir ihn vielleicht noch einholen." „Sollten wir das nicht lieber der Polizei überlassen?", fragte Mats. „Nein, bis die da sind ist der weg und wir haben nichts." Stefan fuhr halsbrecherisch über den Feldweg bis zu der kleinen Brücke. Die Stoßdämpfer seines Autos schlugen mehrfach voll durch und Mats spürte, wie seine Wirbelsäule schmerzte. Direkt hinter der Brücke kamen sie wieder auf die Straße und sahen aus den Augenwinkeln den herannahenden Scheinwerfer eines Motorrades. Aber auch von der anderen Seite näherte sich ein Fahrzeug mit hoher Geschwindigkeit. Mats erkannte, dass es diesem Fahrzeug schwerfallen würde, noch rechtzeitig zu bremsen. Er hörte die Bremsen quietschen und sah mit angsterfülltem Blick hinüber. Stefan schrie „Neeeein!" Das Fahrzeug kam ungefähr zwei Meter vor ihnen quer zum Stehen.

Erst jetzt bemerkte Mats, dass es sich um ein Polizeiauto handelte. Die beiden Beamten stiegen aus. Mats sah sich wieder zu dem Motorrad auf der anderen Seite um. Aber der Scheinwerfer bewegte sich nicht mehr auf sie zu. Er war auch irgendwie zu tief. War der Fahrer gestürzt?

„Sind Sie verrückt geworden? Haben Sie uns denn nicht gesehen? Wir haben doch sogar unser Blaulicht und die Sirene an!“ „Tut mir leid“, sagte Stefan zu dem Beamten. „Aber ich glaube, dass da vorne ist möglicherweise der Brandstifter, der die Scheune angezündet hat. Deswegen sind Sie doch hier, oder?“ „Ja?!“, antwortete der Beamte etwas fragend. „Und was machen Sie hier? Sie sollten das uns erledigen lassen.“ „Er scheint gestürzt zu sein“, sagte nun Mats. „Wir sollten uns zunächst um ihn kümmern, dann erklären wir Ihnen alles.“ Sie gingen zu dem Motorrad. Aber es war niemand da.

„Verdammt. Der ist getürmt!“ Die beiden Polizisten leuchteten die umliegenden Wiesen mit ihren Taschenlampen aus. Aber man fand lediglich einen Motorradhelm. Die Polizisten untersuchten den Helm und fanden Blutspuren daran. Außerdem waren zwei Buchstaben auf der Innenseite eingraviert: A.S.

Die Feuerwehr wurde alarmiert, um den Unfallort auszuleuchten. Die Polizei durchsuchte die Wiese, konnte aber niemanden finden. Stefan und Mats wurden vernommen und ihre Aussagen zum Unfallhergang wurden zu Protokoll genommen.

Frida war in der Zwischenzeit an der Scheune angekommen. Ihr bot sich ein Bild der Zerstörung. Die Flammen schlugen oben aus dem Dach heraus, während die Feuerwehrleute versuchten, mit ihren Schläuchen den Brand zu löschen. Aber es schien aussichtslos. Zu stark waren die Flammen. Die Feuerwehr konnte nichts weiter tun, als die Scheune kontrolliert abbrennen zu lassen, wie sie es nannten. Das wurde immer dann so gemacht, wenn ein Feuer zu stark war, um es mit den vorhandenen Mitteln zu löschen. Also konzentrierte man sich darauf, das Übergreifen des Brandes auf umliegende Gebäude zu verhindern. Die Scheune war sowieso nicht mehr zu retten. Glücklicherweise befanden sich weder Menschen, noch Tiere darin. Es hatten lediglich Geräte und der Traktor daringestanden. In einer Ecke hatte Andre Stroh gelagert. Die Feuerwehr vermutete, dass in dieser Ecke der Brand ausgebrochen sein könnte, wollte dazu aber erst genaueres sagen, wenn die Ursache näher untersucht war. Andre war am Boden zerstört. Er saß an einen Baum gelehnt auf dem Boden und starrte in die Flammen. Tränen liefen sein Gesicht hinunter. Anne, seine Lebensgefährtin, kniete neben ihm und hielt seine Hand. Sie hatte ebenfalls Tränen in den Augen. ‚Hoffentlich sind sie gut versichert', dachte Frida.

Der Verlust des Traktors und all der anderen Geräte, die sich in der Scheune befunden hatten, konnte für einen Hof leicht existenzbedrohlich werden, wenn keine ausreichende Versicherung bestand. Sie konnte in diesem Moment sehr gut mitfühlen mit den beiden.

Ein Polizeiwagen kam angefahren. Frida sah, wie Mats und Stefan ausstiegen und wunderte sich. Die beiden waren vor fast einer Stunde mit quietschenden Reifen abgefahren, nachdem Stefan Mats ohne weitere Erklärungen eingeladen hatte. Frida lief besorgt hin und fragte: „Was ist passiert?" „Wir haben einen Motorradfahrer verfolgt. Stefan meint, er könnte den Brand gelegt haben, weil es einer von den Rockern war. Aber er ist uns entwischt. Wir haben nur sein Motorrad gefunden", antwortete Mats. „Seid ihr verrückt geworden?" Frida war hörbar sauer. „Was wenn er euch angegriffen hätte? Wer einen Brand in einer Scheune legt, der scheut auch nicht vor Schlimmerem zurück!", schrie sie die beiden an. „Du hast ja Recht“, beschwichtigte Mats. „Aber in dem Moment haben wir nicht darüber nachgedacht. Es musste alles so schnell gehen. Aber über das Nummernschild können sie den Halter des Motorrades ausfindig machen. Vielleicht können sie dann auch den Brandstifter ermitteln.“ Frida war trotzdem sauer und wollte sich umdrehen und gehen.

Mats war schneller. Er packte sie am Arm, drehte sie um und nahm sie in seine Arme. „Sei nicht sauer“, sagte er und küsste sie. Sie ließ es geschehen, obwohl sie eine Träne, die vor Wut aus ihrem Auge lief, nicht unterdrücken konnte. „Mistkerl“, sagte sie, nachdem sie sich aus seinen Armen gelöst hatte und musste ein bisschen schmunzeln. Es war ihr rausgerutscht – aber genau das hatte sie in diesem Moment gedacht. Sie sah, wie auch Mats schmunzeln musste. Er wusste, dass sie Recht hatte, aber er wusste auch, dass sie es ihm nicht lange übelnehmen würde. Sie schlug ihm mit der Faust auf die Brust und nahm dann seine Hand.

„Komm, wir sollten uns jetzt lieber um Andre und Anne kümmern.“ Sie zog ihn hinter sich her zu den beiden, die immer noch am Baum saßen. Der Polizist stand bei ihnen. „Haben Sie irgendetwas gesehen?“, fragte er Andre. „Ja“, sagte dieser. „Da war ein Mann auf einem Motorrad. So eins, wie diese Rocker auch hatten, die vor einiger Zeit bei Mats Norgren am Café randaliert haben. Ich habe ihn wegfahren sehen, aber es war leider zu dunkel, um etwas zu erkennen.“ „Nummernschild?“, fragte der Beamte. „Leider nicht“, seufzte Andre. „Ich habe ihn auch gehört. Aber leider nicht gesehen. Ich kam erst ein paar Sekunden nach Andre herunter“, sagte Anne.

„Wir haben dank der Mithilfe von Herrn Baumgartner und Herrn Norgren unten am Fluss ein Motorrad gefunden, das zu ihrer Beschreibung passt. Allerdings ohne Fahrer“, merkte der zweite Polizist an. „Aber den werden wir schnell ausfindig machen können, denke ich. Und dann werden wir sehen, was er zu der Sache zu sagen hat.“

Es stellte sich heraus, dass es tatsächlich Brandstiftung gewesen war. Jemand hatte Benzin über den Strohhaufen gegossen und diesen dann angezündet. Das Feuer hatte sich sehr schnell über die trockenen Holzwände bis in den Dachstuhl der Scheune ausbreiten können. Die Feuerwehr hatte keine Chance, hier etwas zu retten. Alle Geräte in der Scheune waren dem Brand zum Opfer gefallen. Allerdings stellte sich auch schnell heraus, dass der Schaden von der Versicherung übernommen wurde. Die benachbarten Landwirte zeigten in den kommenden Wochen große Solidarität und halfen Andre mit ihren Geräten aus, wo immer es nötig war. Wieder einmal zeigte sich, dass die Dorfgemeinschaft funktionierte.

Widersprüche

Der Halter des Motorrades konnte noch in der Nacht des Brandes ermittelt werden. Hauptkommissarin Schäfer war mit den Ermittlungen in dem Fall beauftragt worden. Sie hatte nach Sharins Verhaftung dessen Nachfolge übernommen. Dies war nun ihr zweiter Fall in ihrem neuen Umfeld. Sie war eine erfahrene Kommissarin. Sie hatte nach ihrer Heirat einen Versetzungsantrag in diese Gegend gestellt, weil ihr Mann hier ein Haus besaß. Außerdem war sie das Leben in der Stadt satt. Sie hatte sich nicht nur in ihren Mann verliebt, sondern danach auch sehr schnell in das Leben hier auf dem Land.

Jetzt fuhr sie gemeinsam mit ihrem Kollegen, Kommissar Brandt, zur Wohnung des Halters. Sie klingelten und es wurde geöffnet. „Guten Abend. Sind Sie Andreas Schuldai?", begann Schäfer. „Ja, warum? Was wollen Sie von mir?", antwortete Schuldai. „Wir würden uns gerne mal ihr Motorrad anschauen." erwiderte Schäfer. „Das wurde gestohlen!", gab Schuldai zurück. „Wann genau wurde denn Ihr Motorrad gestohlen?", fragte sie weiter. „Gerade eben", entgegnete Schuldai wieder nur sehr knapp. „Ihr Motorrad wird im Zusammenhang mit einer Brandstiftung gesucht. Daher frage ich Sie noch einmal: Wann genau wurde ihr Motorrad gestohlen?", hakte die Kommissarin weiter nach. „Das weiß ich doch nicht genau. Ich habe es gerade erst gemerkt und wollte zur Polizei fahren und es melden. Aber das ist ja jetzt wohl nicht mehr nötig. Sie können ja den Diebstahl direkt aufnehmen."

Brandt fiel eine Verletzung an Schuldais Schläfe auf, und er bemerkte, dass seine Kleidung nach Benzin roch. „Wo haben Sie denn diese Verletzung her? Die sieht sehr frisch aus. Ich glaube die blutet sogar noch.“, fragte er. „Und ihre Kleidung riecht stark nach Benzin! So haben Sie doch nicht geschlafen!“. „Leck mich!“, antwortete Schuldai nur und wollte die Tür schließen. Aber Brandt war darauf vorbereitet und setze seine Fuß dazwischen. Schäfer warf sich mit ihrem Körper gegen die Tür, sodass sie wieder aufsprang.

Schuldai hatte nicht damit gerechnet, dass die Kommissarin sich mit voller Wucht dagegen werfen würde. Es gab eine kleine Rangelei. Die Polizisten waren zu zweit, daher konnten sie Schuldai an die Wand drücken und ihm mit Handschellen die Hände auf dem Rücken fixieren. „Wir nehmen Sie jetzt erst einmal mit zur Wache. Dort klären wir dann alles weitere.“

Sie nahmen seine Lederjacke mit, die an der Garderobe im Flur hing und setzten ihn unter lautstarkem Protest in den Streifenwagen. Dann brachten sie ihn ins Polizeipräsidium. Hier wurde er in den Verhörraum gebracht. Schuldai behauptete, das Benzin wäre bei einer Reparatur an seiner Maschine an seine Kleidung gekommen. Danach sei er ins Bett gegangen und dann hätte man ihm wohl die Maschine geklaut. Er sei also nie in dem Dorf gewesen. „Wir haben am Ort der Brandstiftung einen Motorradhelm gefunden. Darin waren die Buchstaben A.S. eingraviert. Andreas Schuldai! Was sagen Sie dazu?“, fragte Brandt, der das Verhör führte. „Das hat gar nichts zu bedeuten. Das kann Albert Schulz oder Adolf Schmitz heißen! Jedenfalls ist das nicht mein Helm!“ antwortete Schuldai.

„Ok. Dann werden wir ja Ihren Helm bei Ihnen zu Hause finden, wenn wir dort suchen, oder?“ Brandt ließ nicht locker. „Sie haben gar kein Recht bei mir zu Hause zu suchen. Dazu benötigen Sie einen Durchsuchungsbefehl.“ Schuldai kannte anscheinend seine Rechte. „Da haben Sie Recht. Aber Sie könnten ihn uns auch zeigen, um sich selbst zu entlasten“, versuchte Brandt es weiter. „Nen Scheiß wird ich tun!“, antwortete Schuldai und sah ihn provozierend an. „Woher stammt eigentlich die Verletzung an ihrer Schläfe?“ Der Kommissar spielte seinen zweiten Trumpf aus. „Hab mich gestoßen, geht Sie aber nichts an“, Schuldai wehrte wieder ab. „Vielleicht doch, wir haben an dem Helm, den wir gefunden haben, ebenfalls Blutspuren sichergestellt. Die Stelle passt genau zu der Stelle an der Sie die Wunde haben. Was sagen Sie dazu?“ „Zufall“, antwortete Schuldai nur kurz. „Aha. Und dass Ihre Jacke genau zu der Jacke passt, die eine Überwachungskamera auf dem Hof aufgenommen hat, glauben Sie das wäre auch Zufall?“

Andre hatte an seiner Scheune eine Überwachungskamera gehabt. Diese war zwar bei dem Brand zerstört worden, aber sie speicherte ihre Aufzeichnungen online. Diese Aufnahmen zeigten einen Mann, der mit einem Kanister die Scheune betrat. Man sah ihn nur von hinten, aber man konnte auf seiner Jacke eindeutig die Abzeichen der Rockergang ‚Brown Angels‘ erkennen. Die Aufzeichnung der Kamera war sogar so genau, dass man den Schriftzug erkennen konnte, der unter dem Abzeichen stand: ‚Schulle‘ war dort zu lesen. „Wie nennt man Sie denn innerhalb Ihrer Gruppe?“, fragte Kommissar Brandt. „Das geht dich nen Scheißdreck an!“

Schuldai war jetzt doch ein wenig nervös auf seinem Stuhl herumgerutscht. Er beugte sich vor und sah dem Beamten direkt in die Augen. Der stand auf und beugte sich über den Tisch. „Schulle, oder?“, fragte er mit provozierender Ruhe. Schuldai sprang auf und schlug mit den Fäusten auf den Tisch. „Woher weißt du das?“, schrie er den Beamten an. Ihre Gesichter waren nur wenige Zentimeter voneinander entfernt „Das reicht mir abführen!“

Durchsuchung

Die eindeutig nachzuweisende Verstrickung eines Mitgliedes der ‚Brown Angels' reichte dem Staatsanwalt aus, um eine Razzia in der Kneipe anzuordnen, die als Quartier der Rocker ermittelt worden war. Es war fast genau fünf Uhr als die Mannschaftswagen und die Fahrzeuge der Ermittler im Morgengrauen des letzten Sommertages vor dem Mitgliedsheim der Rocker vorfuhren. Die Mitglieder des Sondereinsatzkommandos platzierten sich an den strategischen Stellen, um direkt eingreifen zu können, falls die Bewohner gewalttätig würden. Man hatte im Vorfeld darüber beraten, ob es notwendig wäre ein SEK mitzunehmen, war aber zu dem Schluss gekommen, dass die Wahrscheinlichkeit ziemlich hoch war, dass die Rocker sich nicht einfach in ihr Schicksal ergeben würden.

Hauptkommissarin Schäfer und ihr Kollege Brandt klingelten zunächst an der verschlossenen Tür. Es dauerte einige Zeit bis sich drinnen etwas regte. Dann aber wurde die Tür geöffnet „Was ist los?", fragte ein ziemlich verschlafen wirkender, ungepflegt aussehender Mann, der ihnen in Unterwäsche die Tür geöffnet hatte. Er hatte offensichtlich nicht mit den Polizisten gerechnet. Als er sie erblickte, schaute er ziemlich verdutzt aus und fragte. „Was wollen Sie hier? Wir haben geschlossen." Er wollte die Tür wieder schließen. Brandt hielt ihm den Durchsuchungsbeschluss und seinen Polizeiausweis vor die Nase „Polizei! Würden Sie uns bitte hereinlassen. Wir haben hier einen richterlichen Durchsuchungsbeschluss."

Der Mann war jetzt hellwach. Er knallte die Tür mit voller Wucht zu und man hörte wie er drinnen von der Tür weglief und schrie „Die Bullen stehen vor der Tür!"

„Verdunkelungsgefahr! Zugriff!", rief Schäfer. Das war das Kommando für das SEK loszustürmen. Augenblicklich wurde die Stille durch laute Rufe der Polizisten zerrissen. Drei Beamte kamen mit einer Ramme zur Tür und stemmten diese mit Wucht auf. Die Tür flog mit einem lauten Knall auf und augenblicklich stürmten vermummte Polizisten mit schussbereiten Waffen im Anschlag in das Gebäude. Auch am hinteren Ausgang und an den Fenstern hatten sich Mitglieder des SEK positioniert, sodass niemand das Gebäude verlassen konnte.

Es dauerte zwei bis drei Minuten, dann verstummten die Rufe der Beamten und derjenigen, die im Haus gewesen waren. Jetzt hörte man nur noch nacheinander die Beamten in den einzelnen Räumen ‚Sicher!' rufen.

Das war das Zeichen für die Ermittler, dass sie das Gebäude betreten durften. Es bot sich ihnen ein bizarres Bild. Überall lagen leicht bekleidete Männer mit auf dem Rücken gefesselten Händen auf dem Boden. Im Obergeschoss hatte man aber auch einige Frauen gefunden und festgenommen. Auch sie hatten sich anscheinend heftig gegen ihre Festnahme gewehrt, denn auch sie lagen mit gefesselten Händen und nur leicht bekleidet am Boden. Die Beamten waren gerade dabei sie mit Decken zuzudecken, als Schäfer und Brandt hochkamen, um sich ein Bild zu machen wie viele Leute im Gebäude waren. Die Bewohner waren anscheinend aus dem Schlaf gerissen worden, als Schäfer und ihr Kollege geklingelt hatten.

„Ist ihr Anführer hier?", fragte Schäfer in den Raum. Sie bekam keine Antwort. Sie gingen herunter in den großen Schankraum der Kneipe. Hier fragte sie noch einmal: „Wer ist hier der Anführer?" Wieder bekam sie keine Antwort. „Na ja, ist auch egal. Wir werden hier sowieso jeden Stein umdrehen."

Nach einer kurzen Paus fuhr sie fort: „Sie werden jetzt alle nacheinander zu meinem Kollegen Brandt hier gebracht. Sie haben die Möglichkeit sich bei ihm auszuweisen. Holen Sie dazu zusammen mit einem Beamten des SEK Ihre Sachen und Ihre Ausweispapiere hierher. Wer sich nicht ausweisen kann wird mit aufs Präsidium genommen, um seine Identität festzustellen. Fingerabdrücke und so weiter. Das ganze Programm."

„Was suchen Sie überhaupt? Und was gibt Ihnen das Recht hier einfach so aufzukreuzen und so ein Theater abzuziehen?" Die Stimme kam von einem Mann der hinter dem Tresen stand. Die SEK-Männer hatten mittlerweile die ersten Leute auf die Beine gestellt um mit ihnen nach oben zu gehen und ihre Sachen zu holen. Er war einer von ihnen. „Sind Sie der Anführer hier?", fragte Schäfer. „Nein, ich bin der Präsident der ‚Brown Angels'! Und wer sind Sie?" „Mein Name ist Schäfer, Hauptkommissarin Schäfer. Wir ermitteln im Zusammenhang mit einer Brandstiftung. Eines Ihrer Mitglieder wurde in diesem Zusammenhang festgenommen. Er hat mir alles erzählt was ich hören wollte." Das stimmte natürlich nicht. Schäfer bluffte nur. „Schulle? Dieser Verräter. Das wird ihm noch leidtun. Der sollte doch untertauchen." Damit war klar, dass der Präsident von dem Brandanschlag wusste. Der Bluff hatte gewirkt. Er hatte sich verraten.

Man fand hier zwar keine weiteren, direkten Hinweise auf die Brandstiftung, aber es wurden mehrere Schuss- und Schlagwaffen sichergestellt. Außerdem eine große Menge Bargeld und Drogen. Das wiederum reichte aus, um die Anführer zunächst in Untersuchungshaft zu nehmen und Anklage zu erheben.

Man beschlagnahmte nicht nur die Waffen, Drogen und das Bargeld, auch die Maschinen der Rocker wurden zur technischen Überprüfung vorläufig beschlagnahmt. Die Kriminal-Techniker fanden an den Maschinen unzählige nicht eingetragene technische Veränderungen, die zu deren Stilllegung führten. Das war ein harter Schlag für die Gruppe. Die Polizei war sich sicher, dass diese damit zunächst einmal aufgelöst war und in absehbarer Zeit auch nicht so leicht wieder zusammenfinden würde.

Mats und Frida waren erleichtert über diese Nachrichten. Sie hatten in den vergangenen Wochen zusammen mit einigen anderen Dorfbewohnern viel Zeit beim Wiederaufbau von Andres Scheune verbracht. Dabei war oft diskutiert worden, ob noch immer Gefahr von den Rockern ausgehen würde. Die Nachricht von der Razzia und der damit verbundenen Auflösung der Rockergruppe beruhigte die beiden zunächst.

Eine überraschende Wende

Mats schaute gerade die Nachrichten auf seinem Handy an. Es wurde von einer rechtsgerichteten Demo berichtet, zu welcher die ‚Alternative Partei' aufgerufen hatte. Plötzlich stockte ihm der Atem.

Er erkannte ein Gesicht in der Menge. Er sah sich die Szene noch einmal an und stoppte an der Stelle, wo der Mann auftauchte. Er glaubte hier Hauptkommissar Mertens zu erkennen. ‚Das kann doch nicht wahr sein', dachte er. ‚Hat die Polizei ihn eingeschleust oder gehört er etwa zum rechtsradikalen Flügel?' Man hörte ja in letzter Zeit öfter mal davon, dass es in Reihen der Polizei Mitarbeiter gab, die sich zur rechten Szene hingezogen fühlten. Aber Mertens? Und würde er sich tatsächlich öffentlich auf einer Demo zeigen? Er musste sich das Bild auf einem größeren Monitor ansehen.

Mats nahm seinen Laptop und öffnete dort den Stream mit den Nachrichten. Er wählte den Bericht aus und bewegte den Balken unten ungefähr an die Stelle, wo Mertens auftauchte. Dann stoppte er den Stream und jetzt konnte er ihn genau erkennen. „Ich glaub's ja nicht!", entfuhr es ihm. „Was glaubst du nicht?", fragte Frida aus dem Nebenraum. „Das musst du dir anschauen!", sagte er. Frida kam zu ihm und schaute auf den Bildschirm. „Sieh mal", sagte Mats und deutete mit dem Finger auf den Bildschirm. „Das ist der Kommissar, der die Ermittlungen in meinem Fall geleitet hat. Der gehört entweder selbst dazu oder die haben den da eingeschleust!", sagte er.

„Das ist ja interessant“, antwortete Frida. „Meinst du die ermitteln noch weiter in der Szene, um die Hintermänner zu finden?“ „Das ist die einzig vernünftige Erklärung“, sagte Mats nachdenklich.

Sie hatten an diesem Abend mal wieder ihr regelmäßiges Treffen mit den anderen Gastwirten des Dorfes. Allerdings gab es im Moment wenig Themen, sodass die Runde schnell wieder aufgelöst wurde. So konnten schnell auch die anderen Freunde dazu kommen. Sie hatten verabredet, noch gemeinsam eine Runde Karten zu spielen an diesem Freitagabend.

Stefan setzte sich neben Mats. „Na, wie läuft‘s“, fragte er eher beiläufig. „Ich habe heute etwas sehr Interessantes gesehen“, antwortete Mats. „Ich habe in den Nachrichten über die rechte Demo in Düsseldorf einen guten Bekannten entdeckt und du glaubst nicht wen.“ „Du wirst es mir sofort sagen“, antwortete Stefan. Mats zog schweigend sein Handy heraus und wählte das Video aus. Sie sahen es sich beide an. „Da!“ Mats stoppte das Video und deutete auf einen der Teilnehmer. „Kennst du den?“ „Ist das Mertens, der Kommissar?“, fragte Stefan. „Ja genau!“, entfuhr es Mats. „Was macht der da?“ Stefan war irritiert. „Gehört der auch zu denen oder ermittelt der da?“ „Genau das habe ich mich auch gefragt“, antwortete Mats. „Das muss ich morgen mal Andreas zeigen, mal sehen, ob der was dazu weiß. Ich wüsste zu gerne ob die noch weiter ermitteln, um die Hintermänner dran zu kriegen.“

Stefan hatte gute Kontakte. Hauptwachtmeister Andreas Bechtle hatte ihnen schon einmal geholfen. Damals hatte er den Unfall aufgenommen, und die Rocker ruhiggestellt. Mats war sich sicher, dass er etwas herausfinden konnte.

Er würde es in den kommenden Tagen erfahren.

„Was ist mit euch beiden? Spielt ihr mit oder wollt ihr weiter Videos auf dem Handy anschauen? Das könnt ihr auch zu Hause machen!“ Es war Heinz, einer der anderen Café-Besitzer. Die Karten lagen schon ausgeteilt auf dem Tisch und die anderen warteten darauf, dass es endlich losging mit dem Kartenspiel. „Ist ja gut“, sagte Mats, steckte sein Handy ein und nahm die Karten auf. „Wer fängt an?“

Nur wenige Tage später kam Stefan ins Café. „Es gibt keine Ermittlungen. Die sind eingestellt!“, begann er ohne Umschweife. „Andreas hat mal vorsichtig angefragt. Aber man hat ihm gesagt, dass in diesem Fall nicht weiter ermittelt wird. Und Mertens ermittelt auch in keinem anderen Fall gegen die Rechten. Schon gar nicht verdeckt. Das ist ein Hammer oder?“ Mats war schockiert. Ja – das war wirklich ein Hammer. Was hatte Mertens dann dort gemacht?

„Dann gibt es nur noch eine Erklärung: Er gehört zur rechten Szene!“ „Ja – das hat Andreas auch gemeint. Er will mal bei seinen Kollegen ein bisschen nachforschen, ob jemand vielleicht in der Vergangenheit irgendwelche Andeutungen in der Richtung von Mertens gehört hat, oder ob sonst eine Verbindung dorthin herauszufinden ist“, berichtetet Stefan. „Möchtest du einen Kaffee?“, fragte Mats „Das Wetter ist so schön heute, du kannst dich gerne noch hier draußen hinsetzen.“ „Nein danke“, antwortetet Stefan. „Ich muss noch weiter. Wollte dir das nur kurz mitteilen.“ „Ok alles klar, dann bis später mal!“ Mats musste auch los, ein Gast hatte nach ihm gerufen.

Vom Dienst suspendiert

Mats und Frida saßen gerade beim Abendessen, als sein Handy klingelte. Es war Stefan. „Hast du gerade Zeit?“, fragte er. „Was ist denn so Wichtiges? Wir essen gerade“, antwortete Mats. „Andreas sitzt hier. Die haben ihn beurlaubt.“ „Wie bitte? Warum das denn?“ Mats war entsetzt. „Erklär ich dir. Kannst du kommen?“ „Ja, natürlich. Ich bin in zehn Minuten da“, antwortete Mats.

Andreas saß ziemlich geschockt und in sich zusammen gesunken da. Nichts war mehr von dem starken, aufrichtigen Polizisten zu sehen, den er sonst eigentlich verkörperte. Mats ging zu ihm. „Wie konnte das passieren? Erzähl!“, sagte er. „Also – ich habe mich zunächst ein wenig umgehört. Habe herausgefunden, dass Mertens in der Vergangenheit schon öfter mal Bemerkungen gemacht hat, die ziemlich fremdenfeindlich sind. Dann habe ich mal in seinen abgeschlossenen Fällen ein bisschen herumgestöbert und es hat sich gezeigt, dass Migranten und Menschen, die ihnen behilflich sind, oftmals nicht gut weggekommen sind, wenn Mertens die Ermittlungen geleitet hat. Einmal sah es sogar so aus, als hätte er Fakten manipuliert und damit das Ermittlungsergebnis maßgeblich beeinflusst. Ich habe ihn damit konfrontiert, aber er ist direkt sauer geworden und hat mich aus dem Büro geworfen.

Das war gestern. Heute hatte ich ein Gespräch mit meinem Chef. Er warf mir vor, dass ich hinterrücks gegen einen Hauptkommissar ermittelt habe. Das wäre Aufgabe der internen Kollegen gewesen. Daher sei das Ergebnis meiner

Recherche nicht gegen Mertens zu verwenden. Schlimmer noch, ich hätte unrechtmäßig Akteneinsicht genommen. Daher müsse er mich zunächst suspendieren, bis der Fall geklärt ist."

„Mist, und Mertens? Ist der wenigstens auch suspendiert?", fragte Mats „Nein, gegen ihn liegt aktuell nichts vor. Aber sie wollen ein internes Ermittlungsverfahren gegen ihn einleiten, wegen dem von mir aufgedeckten Fall." „Da ist doch irgendwas im Busch bei denen. Sonst würden die nicht direkt so hart durchgreifen und dich suspendieren!" Auch Stefan war immer noch fassungslos. „Das ist leider normal", sagte Andreas. „In so einem Fall werden normalerweise beide suspendiert. Vielleicht hat Mertens aber einfach Glück, weil sein Dienstrang so viel höher ist als meiner." „Haben die das Video aus den Nachrichten gesehen?", fragte Mats nun. „Nein, das haben die nicht. Ich hatte keine Gelegenheit es ihnen zu zeigen."

Andreas war sichtlich geknickt. Er hatte vor lauter Schreck gar nichts mehr gesagt als er von seinem Chef beurlaubt worden war. Er war schweigend aus dem Raum gegangen, hatte sich von den staunenden Kollegen verabschiedet und war direkt zu Stefan gefahren, um ihm alles zu erzählen. „Dann werden wir es ihnen schicken. Kennst du den ermittelnden Kommissar bei der internen Ermittlung?" „Ja – den kenne ich", gab Andreas zurück. „Hast du eine Mail-Adresse für mich?" „Ja hier ist sie." Mats hatte bereits auf ‚per Mail senden' geklickt und tippte die Mailadresse dazu. Er schrieb dem ermittelnden Beamten einen kurzen Satz dazu, warum er ihm dieses Video zukommen ließ. Dann schickte er die Mail ab. „So, dann wollen wir doch mal sehen, was die bei der internen Ermittlung davon halten“, sagte er.

Ein verräterisches Video

Mats sah über die Terrasse seines Cafés. Es war noch gut besetzt für diese Zeit. In einer Stunde würde er schließen und er war zufrieden mit dem Tag. Bei dem schönen Wetter kamen auch jetzt im Spätsommer immer noch sehr viele Ausflugsgäste zu ihm. Zwei neue Gäste kamen gerade noch an. Sie kamen direkt auf ihn zu.

„Wir würden gerne mit Mats Norgren sprechen", sagte einer der beiden. „Das bin ich", antwortete Mats ein wenig verwundert. „Was kann ich für Sie tun?" Der größere der Beiden hielt ihm einen Polizeiausweis hin. „Ich bin Hauptkommissar Brinkmann und das ist mein Kollege Kommissar Anwärter Hoffmeister. Wir hätten ein paar Fragen an Sie." „Gerne. Kommen Sie doch herein." Mats führte die beiden ins Büro und bat sie, sich zu setzen.

„Sie haben uns ein Video von einer Demonstration zukommen lassen. Sie schreiben in Ihrer Mail dazu, dass Sie einen Beamten, Hauptkommissar Mertens, darauf erkannt haben wollen." „Ja, da bin ich mir ziemlich sicher." Mats wirkte aber leider nicht so sicher wie er sein wollte. „Nun, wir haben das Video geprüft. Es scheint sich mit hoher Wahrscheinlichkeit tatsächlich um Kommissar Mertens zu handeln. Woher haben Sie das Video?" „Es ist ein Nachrichtenvideo aus der Tagesschau", antwortete Mats wahrheitsgemäß. „Tatsächlich? Man konnte kein Logo darauf erkennen. Haben Sie es vorher bearbeitet?" „Ja – das habe ich. Damit man das Gesicht besser erkennen kann, habe ich erst herangezoomt und dann ein wenig vom Rand abgeschnitten."

„Verstehe. Aber dann können wir das Original beim Sender anfordern. Warum sind Sie überhaupt auf Kommissar Mertens aufmerksam geworden? Kennen Sie ihn?" ‚Was für eine blöde Frage', dachte sich Mats. ‚Die wissen doch ganz genau, dass ich den kenne.' „Ja natürlich", antwortete er so ruhig er konnte. „Er hat gegen mich ermittelt im Fall des Attentates hier im Dorf vergangenen Herbst." „Aha. Und jetzt beschuldigen Sie ihn, dass er Verbindungen zu rechten Kreisen hat? Gibt es da einen Zusammenhang?"

Jetzt wurde Mats ein wenig sauer. Die wollten alles so verdrehen, dass Mertens aus der Sache rauskam und Andreas würden sie am Ende zum Sündenbock machen. Er musste sehr vorsichtig sein, mit dem was er sagte. Das war ihm im Laufe des Gespräches klargeworden. „Hören Sie", sagte er „Wir wurden hier im Dorf im Frühling von einer Gruppe Rocker terrorisiert. Ein Mitglied der Gruppe konnte nach dem Brandanschlag auf eine Scheune hier im Dorf eindeutig als Brandstifter identifiziert werden. Im Zuge der Ermittlungen wurde klar, dass die Rocker ihre Anweisungen von jemandem aus der rechten Szene bekommen haben. Der konnte aber nie ermittelt werden. Warum wohl nicht? Vielleicht weil er von jemandem bei der Polizei gedeckt wird oder möglicherweise sogar selbst bei der Polizei ist? Wundert es Sie nicht, dass man anhand des Videos Mertens eindeutig eine Verbindung in die Szene nachweisen kann? Ist er möglicherweise der Mann im Hintergrund?"

Mats hatte sich ein wenig in Rage geredet. „Das sind alles nur Vermutungen", antwortete Hauptkommissar Brinkmann kühl. „Vielen Dank. Sie haben uns fürs Erste schon einmal weitergeholfen. Falls Ihnen noch etwas einfällt, rufen Sie mich bitte umgehend an. Hier ist meine Nummer.“ Er gab ihm eine Karte und drehte sich zum Gehen.

„Ach, und noch etwas.“ Er war schon an der Tür, hatte sich aber noch einmal umgedreht. „Kennen Sie einen Hauptwachtmeister Andreas Bechtle?“ Mats erschrak ein wenig. ‚Was wissen die denn noch alles?‘ dachte er. Er tat so, als ob er überlegen würde. Schließlich antwortete er: „Ja, den kenne ich auch flüchtig. Er hat hier vor dem Café mal einen Unfall aufgenommen. Dabei haben wir uns kennengelernt.“ Das war noch nicht einmal gelogen. Mats feierte sich innerlich dafür, dass ihm diese Aussage eingefallen war. „Danke. Das war es fürs erste“, sagte Brinkmann und ging durch die Tür hinaus. Sein junger Kollege folgte ihm und Mats begleitete die beiden bis nach draußen. Auf der Terrasse war es mittlerweile ziemlich leer geworden. Steffi, die junge Kellnerin, hatte alles im Griff. Wenn sie da war, musste Mats sich kaum um die Gäste kümmern. Sie war zuvorkommend und sah immer, wenn irgendwo ein leeres Glas oder ein leerer Teller stand.

Unter Druck

Die beiden Kommissare stiegen in ihr Auto. „Was denkst du?“, fragte Brinkmann. „Ich denke: Was, wenn er Recht hat? Wenn Mertens tatsächlich rechts abgerutscht ist? Die Indizien sprechen jedenfalls soweit dafür, dass wir es zumindest überprüfen sollten“, antwortete sein Kollege Hoffmeister. „Ja, vielleicht sollten wir das wirklich tun. Und wenn nichts dabei herauskommt, können wir den Fall wenigstens mit gutem Gewissen abschließen, weil wir den Anfangsverdacht überprüft haben. Wir nehmen uns nachher mal seinen Mail Account vor. Mal sehen ob wir da etwas Auffälliges finden. Aber für heute soll es das erstmal gewesen sein. Soll ich dich zu Hause absetzen?“, bot er seinem Kollegen an. „Nein – ich habe mein Fahrrad noch im Präsidium. Nimm mich mal mit dahin.“

Am nächsten Morgen machten die beiden sich direkt an die Arbeit und schauten sich die Mailverläufe von Mertens an. Da sie im Dezernat für Interne Ermittlungen arbeiteten, war dies für sie reine Routine. Es zählte zu ihren Aufgaben, in den Mailkonten anderer Polizeibeamter nach Auffälligkeiten zu suchen. Dabei interessierten sie sich nicht für die kleinen Dinge, wenn zum Beispiel mal ein Beamter sein Mail-Konto für private Nachrichten nutzte, auch wenn das streng genommen nicht erlaubt war. Die polizeilichen Mailkonten sollten rein für dienstliche Zwecke genutzt werden.

„Na, da schau her!“, sagte Brinkmann plötzlich. „Dieser Sharin hat ihn anscheinend bedroht. Der schreibt hier: ‚Ich habe deine Posts auf Twitter gelesen. Das was du da geschrieben hast, kann dich den Job kosten, wenn ich damit zu deinen Vorgesetzten gehe. Du weißt schon, dass du mich und meinen Bruder damit sehr verletzt!‘ Wenn das mal kein Konfliktpotential hat!“ Hoffmeister blickte auf. „Ok, war Mertens also womöglich wirklich in der rechten Szene aktiv? Wo sagtest du? Auf Twitter? Den Nutzernamen finden wir dort nicht, oder?“, fragte er. Brinkmann suchte weiter, aber er fand keine weiteren Informationen zu dem Thema. „Dann sollten wir uns mal die privaten Mails, Handyprotokolle und alles weitere von diesem Sharin anschauen. War der nicht auch Polizist? Und wurde nicht später ermittelt, dass der Attentäter auf den Sankt Martinszug vergangenen November sein Bruder war? Da sind doch damals zwei Polizisten ums Leben gekommen. Vielleicht finden wir da ja etwas, was die Kollegen damals bei der Ermittlung zum Attentat und später zu seinem Selbstmord nicht gefunden haben.“

Sharins Mail Account, sowie der des Attentäters standen aufgrund der Ermittlungen zum Anschlag auf den Martinszug und dem Anschlag auf Mats Norgren noch zur Verfügung. Die Verbindung zwischen den beiden war erst später ermittelt worden, weil sie unterschiedliche Nachnamen hatten.

Sharins Bruder hatte eine deutsche Frau geheiratet und ihren Namen angenommen. Tatsächlich gab es hier Absprachen der beiden Brüder, wie der Anschlag stattfinden sollte. Einige Mails waren aber anscheinend gelöscht worden: Es gab Antworten vom Attentäter auf Fragen von Sharin, die der aber anscheinend gar nicht gestellt hatte. Zunächst dachten die Kommissare, dies sei darauf zurückzuführen, dass die beiden dann wohl vorher über diese Fragen gesprochen haben könnten. Sie ließen sich aber zur Sicherheit den kompletten

Verlauf der Mailkonten noch einmal vom Provider zusenden. Und tatsächlich: Es fehlten einige Mails. Anscheinend hatte jemand diese gelöscht. Sollte hier etwas vertuscht werden? Oder hatte Sharin sie selbst gelöscht? Tatsächlich brachten die fehlenden Mails ans Licht, was die beiden wirklich vorgehabt hatten.
Mertens hatte anscheinend herausgefunden, dass Sharins Bruder eine deutsche Frau geheiratet hatte. Er hatte behauptet, dass dieser sich damit seine Aufenthaltsgenehmigung erschleichen wolle, welche bis zur Hochzeit wohl nur vorläufig gewesen war. Mertens hatte Sharin damit gedroht dafür zu sorgen würde, dass die Hochzeit annulliert würde und sein Bruder wieder in seine Heimat zurückgeschickt würde, falls Sharin nicht freiwillig aus dem Polizeidienst austreten würde.

Die Brüder hatten ihrerseits herausgefunden, dass Mertens in einschlägigen rechten Foren unterwegs war und dort sehr radikale Ansichten vertrat. Und nicht nur er war hier unterwegs. Sharin hatte herausgefunden, dass weitere Polizisten sich in diesen Foren tummelten und dass es auch Aktivitäten gegen Zuwanderer in diesen Foren gab. Sharin hatte Mertens damit konfrontiert.

Die beiden Brüder hatten dann den gemeinsamen Plan entwickelt, den Polizisten zuvor zu kommen, um die Ausweisung von Sharins Bruder zu verhindern. Sharin hatte anhand der Dienstpläne herausgefunden, dass drei der Beamten, die auf ihrer Liste standen, den Martinszug in dem kleinen Dorf sichern sollten. Außerdem hatte Mertens wohl angekündigt, ebenfalls dort zu sein. Das hatte Sharin in einem Gespräch zwischen Mertens und seinen Kollegen auf dem

Flur mitgehört. Sharin würde ebenfalls zum Zug gehen und seinem Bruder mitteilen, wo genau die Beamten postiert waren. Dann sollte dieser mit seinem Auto möglichst alle drei treffen, was ja letztendlich durch Mats Eingreifen verhindert worden war. Mit diesen Erkenntnissen rückte Mertens definitiv in den Fokus der beiden Ermittler.

Auch Mertens' Handyprotokolle wurden ausgewertet. Er war wirklich beim Martinszug im Dorf gewesen. Die beiden waren ihrem Ziel, alle Beamten auszuschalten, die sie damals im Visier hatten also sehr nahe gewesen. Nur Mertens und der dritte Beamte waren davongekommen. Es wurde Zeit für ein Gespräch mit Mertens.

Sie konfrontierten Mertens in seinem Büro mit den neuesten Erkenntnissen. Er war sichtlich überrascht, beinahe geschockt. Das konnte man ihm ansehen und er rang nach den richtigen Worten. Zunächst dachten die beiden, er würde einen Wutanfall bekommen und sie direkt aus dem Büro werfen, so rot lief sein Kopf an. Dann aber fing er sich wieder und entgegnete nur: „Das müssen Sie erstmal beweisen!" Aber die Fakten sprachen klar gegen ihn. Die Beweislage war so erdrückend, dass Mertens im Verlaufe des Gespräches selbst merkte, dass es sinnlos war, weiter zu leugnen. Schließlich legte er ein vollumfängliches Geständnis ab.

Er war tief in die rechtsradikale Szene verstrickt. Das hatte Sharin damals herausgefunden und ihn damit konfrontiert. Sharin hatte ihm gedroht, ihn bei der Dienstaufsicht anzuzeigen, aber davon konnte Mertens ihn gerade noch abhalten. Nach dem Anschlag auf den Martinszug war ihm aber klargeworden, dass die beiden keine Ruhe geben würden und eine echte Bedrohung darstellten.

Sie waren ja nicht einmal davor zurückgeschreckt, die beiden Polizisten zu töten und Mertens war sich damals schon sicher, dass sie auch ihn im Visier hatten. Der missglückte Anschlagsversuch auf Norgren spielte ihm dann in die Karten. Sharin wurde verhaftet und kam in Untersuchungshaft. In der JVA, in der Sharin einsaß, hatten die Rocker zwei Kontaktleute. Einer war ein Mitglied der Bande. Er hatte einen der Wärter dabei erwischt, wie dieser Drogen und illegal herein geschmuggelte Handys an die Insassen verteilt hatte.

Sie hatten diesen Wärter in der Hand und nutzten dies dazu Sharin dermaßen unter Druck zu setzen, dass er keinen anderen Ausweg mehr sah, als sich selbst umzubringen.

Seitdem waren jetzt schon einige Wochen vergangen und Mertens hatte sich mittlerweile sicher gefühlt, dass die Sache nicht ans Licht kam. „Wie sind Sie auf mich gekommen?“, wollte er am Ende wissen. „Ihre Teilnahme an der Demo der rechten Szene vorige Woche. Das war ein Fehler“, antwortete Brinkmann.

„Ich habe aber noch eine Frage: Der Brandanschlag im Dorf durch die ‚Brown Angels‘. Haben Sie den bei den Rockern in Auftrag gegeben?“ Mertens sah ihn fragend an. „Nein. Damit habe ich nichts zu tun. Davon weiß ich nichts.“

Bei der Überprüfung seiner Handy-Daten war den beiden Ermittlern ein Kontakt aufgefallen, mit dem Mertens sehr häufig gesprochen und auch geschrieben hatte. „Kennen Sie einen Keppler? Dieser Kontakt taucht in ihrer Anrufliste sehr häufig auf“, fragte Brinkmann weiter. „Ein Freund“, gab Mertens nur knapp zurück. „Aha. Zufälligerweise taucht ihr Freund auch im Zusammenhang mit den Ermittlungen zu dem Brand auf. Georg Keppler. Er hatte sehr häufig Kontakt zu dem Anführer der ‚Brown Angels'. Und jetzt stellen wir fest, dass auch Sie häufig Kontakt zu ihm hatten. Ich sehe hier schon einen gewissen Zusammenhang. Was sagen Sie dazu?", hakte Brinkmann nach.

Mertens dachte nach. „Das muss Zufall sein", antwortete er schließlich. „Nein – das sehe ich nicht so!", antwortete Brinkmann. „Wir werden uns diesen Keppler mal vornehmen, und dann werden wir herausfinden, ob er möglicherweise nur der Mittelsmann zwischen Ihnen und den Rockern ist. Sie sollten sich gut überlegen ob Sie lieber direkt mit uns kooperieren wollen. Ich muss Ihnen nicht erklären, dass dies im Prozess vorteilhaft für Sie sein könnte." Mertens wurde nervös. Ihm war bewusst, dass es hilfreich für ihn wäre komplett auszupacken. Aber ihm war auch bewusst, was mit Verrätern im Knast passierte. Er wusste schließlich ganz genau, dass die Kontakte der rechten Szene bis dort hinein reichten. Er selbst hatte dies im Fall Sharin ausgenutzt. „Das müssen Sie schon selbst herausfinden.", antwortete er deshalb nur.

Gemeinsame Ermittlungen

Brinkmann klopfte an die Tür von Hauptkommissarin Schäfer, obwohl diese offen stand. Er hatte gesehen, dass sie in ihren Unterlagen vertieft war und wollte sie nicht erschrecken.

„Kommen Sie herein“, bat sie. „Hallo Frau Kollegin. Haben Sie sich schon gut eingelebt bei uns?“, fragte er. „Ich bin Hauptkommissar Brinkmann aus der Abteilung ‚interne Ermittlungen‘. Ich habe ein paar Fragen zu einem Fall, den Sie gerade bearbeiten. Aber möglicherweise habe ich auch neue Ermittlungsansätze für Sie.“ Sie schaute auf. „Jetzt machen Sie mich aber neugierig. Und ja, ich habe mich sehr gut eingelebt. Es gefällt mir außerordentlich gut hier. Dann legen Sie mal los!“
„Sie ermitteln doch gerade im Fall einer Brandstiftung durch ein Mitglied der ‚Brown Angels‘. Taucht im Zuge der Ermittlungen der Name Georg Keppler auf?“ Er sah sie erwartungsvoll an. „Ja, der sagt mir tatsächlich etwas, warum?“ „Wir ermitteln im Falle eines Kollegen, der bis vor kurzem noch hier in der Abteilung gearbeitet hat“ ,fuhr Brinkmann fort. „Ja, das ist Hauptkommissar Mertens. Das ist hier kein Geheimnis. Im Gegenteil, es ist das Hauptthema im Flurfunk“, unterbrach sie ihn. „Ok. Dann kann ich ja offen reden. Mertens hat zugegeben, dass er für den Tod Ihres Vorgängers, Kommissar Sharin verantwortlich ist. Er scheint in die rechte Szene abgerutscht zu sein. Wir haben anhand seiner Handy Auswertung ermittelt, dass er sehr häufig mit diesem Keppler in Verbindung stand. Keppler wiederum hatte laut Ihren Ermittlungsakten häufig Kontakt zu dem

Anführer der ‚Brown Angels'. Wir vermuten jetzt, dass Mertens möglicherweise auch im Zusammenhang mit der Brandstiftung im Dorf steht. Möglicherweise ist er sogar der Auftraggeber. Oder er hat zumindest den Rockern den Tipp gegeben, welcher Landwirt im Frühjahr mit seinem Erntefahrzeug ihre Motorräder beschädigt hat."

Schäfer dachte kurz nach. „Können Sie mir die genauen Zeiten geben, wann Mertens mit diesem Keppler in Verbindung getreten ist? Vielleicht kann man einen Zusammenhang feststellen zu den Zeiten, in denen Keppler Kontakt zum Anführer der ‚Brown Angels' aufgenommen hat?", schlug sie schließlich vor.

„Bisher konnten wir diesem Keppler noch nichts nachweisen, aber laut Aussage von Mats Norgren war er derjenige, der ihn damals unter Druck setzen wollte. Norgren hat aber ebenfalls ausgesagt, dass Keppler nicht alleine war. Er war immer in Begleitung, wenn er bei Norgren aufgetaucht ist. Ich denke es ist an der Zeit, dass wir unsere Ermittlungsergebnisse zusammenführen." Brinkmann lächelte. „Das ist eine gute Idee. Möglicherweise bekommen wir dann alle Fäden zusammen."

Es stellte sich heraus, dass Keppler tatsächlich sehr häufig direkt nach einem Anruf von Mertens bei dem Anführer der ‚Brown Angels' angerufen hatte, und umgekehrt. Er schien wirklich der Mittelsmann zu sein und Mertens war anscheinend der Auftraggeber.

Verhinderter Auszug

Die beiden Kommissare Schäfer und Brinkmann klingelten noch am selben Nachmittag an der Wohnungstür von Georg Keppler. Aber es wurde nicht geöffnet. Sie horchten an der Tür, es war still im Inneren der Wohnung. „Ok, er scheint nicht da zu sein.“ Schäfer schaute sich um. Sie ging auf die Tür der Nachbarwohnung zu und klingelte dort. Es öffnete eine ältere Dame. „Guten Tag, ich bin Hauptkommissarin Schäfer. Wissen Sie zufällig, ob Ihr Nachbar zu Hause ist? Wir würden uns gerne mal mit ihm unterhalten“, fragte sie.

„Der ist schon seit ein paar Tagen nicht mehr da gewesen“, antwortete die Dame. „Ok, und woher wissen Sie das so genau?“, bohrte Schäfer nach. „Na, das hat man mitbekommen, wenn der zu Hause war. Der war fast nie alleine hier. Und seine Begleiter waren immer sehr laut mit ihren schweren Stiefeln hier im Treppenhaus. Haben die was ausgefressen? Wäre ja auch kein Wunder! Das sind schon echt komische Typen.“ Die Dame wirkte ein wenig genervt. „Vielen Dank“, antwortete Schäfer. „Sie haben uns sehr geholfen.“ Sie drehte sich um und die Dame schloss die Tür.

„Und jetzt?“, fragte Brinkmann. „Das ist nicht gut“, antwortete Schäfer. „Für einen Durchsuchungsbeschluss, oder Handyortung haben wir zu wenig in der Hand. Nicht einmal eine Observation wird uns der Staatsanwalt im Moment genehmigen. Ich fürchte wir können nur warten und hoffen, dass er irgendwann hier wieder auftaucht.“

Sie ging nochmal zur Tür der älteren Dame und klingelte noch einmal. Die Dame öffnete kurz darauf. „Entschuldigen Sie, dass ich Sie noch einmal störe. Aber ich wollte Ihnen noch meine Karte geben. Falls der Herr von gegenüber nach Hause kommt, würden Sie mich dann anrufen? Das wäre sehr nett von Ihnen", bat sie die Dame. „Ja, das mache ich sehr gerne, wenn Sie denen dann beibringen, dass sie nicht immer so laut sein sollen", antwortete sie. „Gut. Ich werde sehen was ich tun kann", gab Schäfer sehr unverbindlich zurück.

Sie fuhren zurück ins Präsidium. Ohne Kepplers Aussage konnte Mertens die Verbindung zu den Rockern nicht nachgewiesen werden. Und diese waren auch nicht gerade sehr gesprächig gegenüber der Polizei. Schäfer versuchte trotz der schwachen Beweislage beim Staatsanwalt eine Überwachung der Wohnung genehmigt zu bekommen. Aber dieser lehnte wie erwartet ab. Keppler wurde schriftlich zur Vernehmung vorgeladen. Mehr konnten Sie im Moment nicht tun. Wenn er sich nicht freiwillig meldete, dann könnte man gelegentlich versuchen ihn zu Hause anzutreffen. Aber möglicherweise war er gewarnt worden und abgetaucht. Dann würde es schwer werden ihn zu finden.

Der Staatsanwalt erhob zunächst Anklage gegen Mertens wegen der Anstiftung Sharins zum Selbstmord. Mehr konnte man ihm zum jetzigen Zeitpunkt nicht nachweisen. Allerdings war seine Karriere bei der Polizei beendet.

Die Anführer der ‚Brown Angels' wurden wegen Anstiftung zur schweren Brandstiftung, unerlaubtem Waffenbesitz, Drogenbesitz und Drogenhandel angeklagt. Zwei andere Mitglieder, die zunächst ebenfalls verhaftet wurden, konnten das Gefängnis nach kurzer Zeit wieder verlassen, weil sie nur als Befehlsempfänger ihres Anführers angesehen wurden.

Nur der Anführer selbst blieb zunächst bis zum Prozess gegen ihn in Haft.

Schäfers Handy klingelte. „Ja?", fragte sie. „Hören Sie!" Es war die Nachbarin von Keppler. „Da ist jemand in der Wohnung gegenüber. Aber es ist nicht dieser Keppler. Da geht irgendwas vor. Ich glaube die räumen die ganze Wohnung leer." Sie klang ein wenig aufgeregt. „Ok. Vielen Dank für Ihren Anruf. Wir sind so schnell wie möglich da. Machen Sie nichts und machen Sie auch nicht die Tür auf, falls jemand bei Ihnen klingelt. Danke und auf Wiederhören." Brinkmann sah sie fragend an. „Da ist jemand in Kepplers Wohnung", erklärte Schäfer. „Wir müssen sofort dahin." Sie nahm ihre Jacke und lief direkt los. Brinkmann und Brandt folgten ihr.

Bei ihrer Ankunft fiel ihnen sofort der LKW auf, der vor dem Haus stand. „Die räumen hier wirklich aus!", rief Brinkmann. Er hatte noch während der Fahrt Verstärkung angefordert, weil sie nicht genau wussten, was sie erwarten würde. Sie gingen in den Hausflur und zur Wohnung von Keppler. Die Tür stand offen. „Hallo? Ist da jemand?", rief Schäfer. Ein großer, glatzköpfiger Mann kam durch den Wohnungsflur auf sie zu. Er trug Springerstiefel und einen langen Mantel. „Was wollen Sie hier?", fragte er barsch. „Das ist eine Privatwohnung, also verschwinden Sie!", forderte er sie auf. „Kriminalpolizei! Wir würden gerne Herrn Keppler sprechen." Auch Schäfer klang auffordernd und wenig freundlich. „Der wohnt hier nicht mehr. Ich habe die Wohnung von ihm übernommen. Und jetzt verschwinden Sie ich habe zu tun." Er wollte die Tür vor ihrer Nase schließen.

„Moment mal. Nicht so schnell." Brandt hatte die Tür mit seinen ausgestreckten Arm aufgehalten.

„Es liegt eine Vorladung für Herrn Keppler vor, auf die er sich bisher nicht gemeldet hat. Wenn er also hier ist, sind Sie verpflichtet uns dies zu sagen!" Der Glatzköpfige überlegte kurz. Dann lachte er Brand ins Gesicht und schlug die Tür mit voller Wucht zu. Brandt prallte zurück. Brinkmann hatte sich als erster wieder gefangen. Er pochte laut gegen die Tür. „Machen Sie die Tür auf!", rief er so laut er konnte. „Sonst werden wir sie gewaltsam öffnen." Schäfer sah ihn an. „Dürfen wir das denn?", fragte sie erstaunt, denn sie hatte nicht damit gerechnet, dass der Kollege, der ja eigentlich interner Ermittler war sich so nah an den Rande einer möglichen Vorschrifts-Verletzung begeben würde. „Also ich sehe hier Verdunkelungsgefahr", antwortete Brinkmann. Ein kurzes, anerkennendes Lächeln war in ihrem Gesicht zu erkennen.

In diesem Moment kam die angeforderte Verstärkung durch die Haustür. Schäfer griff zu ihrer Waffe und gab den beiden Streifenpolizisten eine kurze Beschreibung der Situation. „Es besteht die Gefahr, dass jemand aus der Wohnung flüchtet", schloss sie ab. „Gehen Sie um das Haus herum und sichern Sie den Hinterhof", forderte sie die beiden auf. Die beiden verschwanden sofort wieder. Brinkmann hatte in der Zwischenzeit noch zweimal durch lautes Rufen dazu aufgefordert zu öffnen, aber es tat sich nichts. Es handelte sich um eine einfache Eingangstür, die nicht besonders gut gesichert schien. Daher versuchte Brand sein Glück. Er war der kräftigste der drei. „Weg von der Tür!", rief er und im gleichen Moment kam er mit Schwung auf die Tür zu und warf sich mit seinem ganzen Körper dagegen. Die Tür flog auf. Sofort drängten die drei Beamten mit gezogenen Waffen hinein.

Drinnen standen jetzt drei Männer mit erhobenen Händen im Flur. „Sind Sie verrückt geworden?“, fragte der glatzköpfige Hüne. „An die Wand! Hände auf den Rücken!“, forderte Schäfer sie knapp auf. Den Männern wurden die Hände mit Handschellen auf dem Rücken fixiert. Brandt blieb bei den drei gefesselten und bewachte sie. Schäfer und Brinkmann durchsuchten die Wohnung, fanden aber außer den dreien niemanden. „So ein Mist!“, fluchte Brinkmann. „Was jetzt?“

In diesem Moment kamen die beiden Polizisten, die den Hinterhof im Auge behalten sollten mit einem Mann herein, dessen Hände ebenfalls auf dem Rücken fixiert waren. „Der hier wollte sich durch das Fenster aus dem Staub machen“, bemerkte einer der beiden ein wenig süffisant. Es war tatsächlich Georg Keppler! „Na da schau her. Warum wollten Sie denn abhauen, Herr Keppler?“, fragte Schäfer. „Leck mich!“, antwortete der nur ohne sie anzusehen.

Die vier Männer wurden ins Präsidium gebracht. Dort sollten sie einzeln verhört werden. Schäfer hatte noch in der Wohnung Fotos von allen gemacht. Sie wollte auf dem Weg ins Präsidium noch zusammen mit Brinkmann bei Mats Norgren vorbeifahren und ihm die Bilder der Männer zeigen.

„Guten Tag Herr Norgren, kennen Sie einen der vier Männer auf den Fotos?“, fragte sie ihn, nachdem er ihnen die Tür geöffnet hatte. Mats sah sich die Fotos an. „Ja natürlich! Das hier ist einer der Männer, die mich bedroht haben, und das hier ist der Zweite!“ Seine Antwort kam wie aus der Pistole geschossen. „Sind Sie ganz sicher?“, hakte Schäfer nach. „Ganz sicher. Das sind die beiden! Kein Zweifel.“ Mats war sich sehr sicher. Er würde diese Gesichter unter eintausend anderen sofort wieder erkennen.

„Und die anderen beiden?“, wollte Schäfer wissen. Mats sah sich die Bilder der beiden anderen noch einmal an. „Nein, tut mir leid. Die beiden kenne ich nicht“, antwortete er nach kurzer Überlegung. „Ok. Sie haben uns sehr weitergeholfen. Danke.“ Sie verabschiedeten sich und die Beamten fuhren weiter zum Präsidium.

Bei der Aufnahme der Personalien hatte sich herausgestellt, dass die beiden anderen Männer ehemalige Mitglieder der aufgelösten ‚Brown Angels‘ waren. Sie waren damals bei der Razzia im Club der Rocker ebenfalls anwesend. Dort hatte man seinerzeit ihre Personalien aufgenommen. Damit war die Beziehung von Keppler und seinem Komplizen zu den Rockern eindeutig bewiesen. Man würde die beiden getrennt voneinander damit konfrontieren und versuchen, dass sie in diesem Zusammenhang auch ihre mögliche Beziehung zu Mertens verrieten.

„Herr Keppler“, begann Schäfer. Sie führte gemeinsam mit Brinkmann das Verhör von Georg Keppler. Zeitgleich wurde im Nebenraum sein Komplize von Brandt und Brinkmanns Kollegen Hoffmeister vernommen. „Warum wollten Sie denn nicht mit uns reden?“ Keppler schwieg. „Gut. Wir können nachweisen, dass Sie die ‚Brown Angels‘ mit der Brandstiftung in der Scheune von Andre Feldmann beauftragt haben. Außerdem hat der Café Besitzer aus dem Dorf ausgesagt, dass Sie ihn massiv unter Druck gesetzt haben und dass Sie die ‚Brown Angels‘ aufgehetzt haben, sein Café zu besetzten um ihm Schaden zuzufügen. Und unser ehemaliger Kollege Mertens war ebenfalls sehr redselig." „Mertens? Was hat Mertens gesagt?", platzte Keppler aus. „Sie geben also zu Mertens zu kennen?", hakte Schäfer nach. ‚Sie ist echt schlau' dachte sich Brinkmann. „Mertens hat sich das alles ausgedacht! Er wollte, dass wir diesen Norgren unter Druck setzen. Aber der hat sich zunächst nicht einschüchtern lassen. Diese Dorfbewohner haben irgendwie zusammengehalten. Die haben kurzerhand die Motorräder der Rocker aus dem Weg geräumt, als sie versucht haben Druck auf Norgren auszuüben. Die waren natürlich außer sich vor Wut. Mertens hatte die Idee, das auszunutzen und sie zu dem Brandanschlag anzustiften. Es war für ihn nicht schwer herauszufinden wer dieses Erntefahrzeug gefahren hatte, mit dem der Bauer die Motorräder weggerammt hat. Ich habe es den Rockern gesteckt. Alles weitere wissen Sie ja."

Der Bluff mit Mertens hatte sehr gut funktioniert. Jetzt mussten sie diese Aussage nur noch von dem Komplizen von Keppler bestätigt haben. Schäfer und Brinkmann verließen den Raum und riefen Brand und Hoffmeister ebenfalls zu sich in der Besprechungsraum. Die beiden unterbrachen ihrerseits das Verhör des Komplizen und kamen zu ihnen. Schäfer und Brinkmann unterrichteten die beiden vom Geständnis und baten darum, das Verhör des Komplizen ebenfalls weiterführen zu dürfen. Sie wollten ihn mit Kepplers Geständnis konfrontieren und hofften, dass er dieses bestätigen würde. „Gerne. Aber ich weiß nicht, ob ihr mehr aus dem rausbekommt. Mit uns hat er jedenfalls nicht sehr viel geredet.", meinte Brandt.

„Herr Brinker, Mario Brinker. Das ist Ihr Name oder?", begann Schäfer das Gespräch. „Das habe ich den anderen beiden Clowns schon gesagt", blaffte er zurück. „Ok, Herr Brinker. Wir haben uns gerade sehr angeregt mit ihrem Freund Keppler nebenan unterhalten."

Sie erklärten ihm was Keppler ausgesagt hatte. Brinker brach daraufhin ebenfalls sein Schweigen und bestätigte alles was Keppler bereits gesagt hatte. Auch dass Mertens der Kopf bei der ganzen Aktion gewesen war. Damit konnten sie Mertens jetzt richtig unter Druck setzen. Der Staatsanwalt würde die Anklage erweitern müssen und Mertens würde ziemlich sicher zu einer mehrjährigen Haftstrafe verurteil werden.

Schäfer war sehr zufrieden mit den Ergebnissen der Ermittlung. Sie wollte sich bei Brinkmann für die Zusammenarbeit bedanken, die sie so noch nie zwischen internen Ermittlern und ‚normalen' Ermittlern erlebt hatte. Normalerweise waren diese Beziehungen immer sehr angespannt, denn es ging bei internen Ermittlungen meistens darum, Kollegen an den Pranger zu stellen. „Mir hat es auch sehr viel Spaß gemacht endlich wieder auf der Straße zu ermitteln. Ich glaube das war meine letzte interne Ermittlung. Ich werde um meine Versetzung in eine Position bitten, bei der ich nicht mehr gegen Kollegen ermitteln muss." Sie gaben sich die Hand und verabschiedeten sich. „Hier ist leider im Moment nichts frei. Ich würde sonst gerne öfter mit Ihnen zusammenarbeiten.", antwortete Schäfer. „Mir hat es auch sehr viel Spaß gemacht!" Brinkmann ließ ihre Hand los und ging. Am Ende des Flurs drehte er sich noch einmal um und winkte ihr zum Abschied zu.

Martinszug

Adele Quernhorst, die Ortsvorsteherin des kleinen Dorfes, hatte bereits mehrfach mit dem Bürgermeister der Gemeinde, Jan Schippen, Kontakt aufgenommen. Die Stadtverwaltung war der Meinung, dass die Durchführung eines Sankt Martinszuges im Dorf in diesem Jahr zu aufwändig sei und wollte ihn daher ausfallen lassen. Der Bürgermeister war der Meinung, dass politische Randgruppierungen den Zug nutzen könnten, um Propaganda zu machen. Außerdem müsse man hohe Sicherheitsvorkehrungen treffen, um einen Anschlag wie im vergangenen Jahr zu vermeiden.

Adele war anderer Meinung. Zwar stimmte sie zu, dass die Sicherheitsvorkehrungen erhöht werden mussten, aber sie wollte sich nicht dem Terror und den Parolen von Extremisten beugen. Und mit diesem Standpunkt hatte sie die Mehrheit der Dorfbewohner hinter sich.

Die allgemeine Meinung war, dass nicht die Kinder darunter leiden sollten, was im vergangenen Jahr geschehen war. Die Vorbereitungen waren daher vom Heimatausschuss wie gewohnt aufgenommen worden. Man hatte Spenden gesammelt und Pläne geschmiedet, welche Süßigkeiten und Leckereien in diesem Jahr in die Tüte für die Kinder kommen sollten.

Aber man hatte sich natürlich auch über notwendige Sicherheitsmaßnahmen unterhalten. Wenn man die mobilen Beton-Barrikaden in diesem Jahr anders positionieren, und den Zugweg ein wenig abändern würde, dann bestünde ihrer Meinung nach keine Möglichkeit mehr mit einem Fahrzeug den Zugweg zu erreichen. Dazu müsste man nur die Kreisstraße, die nicht gesperrt werden durfte und auf der sich im letzten Jahr der Anschlag ereignet hatte, umgehen. Dies war aber nach der neuen Planung der Mitglieder des Ausschusses problemlos möglich. Sie waren überzeugt davon, dass der Zug trotz der Vorkommnisse im vergangenen Jahr, oder gerade deswegen, unbedingt stattfinden musste.

Adele hatte am Nachmittag einen Termin beim Bürgermeister und erläuterte ihm den Plan, den sie zusammen mit den anderen Mitgliedern des Ausschusses erstellt hatten. Sie merkte, wie die Skepsis ihres Gegenüber mit jedem Satz schmolz. Als sie mit ihren Ausführungen endete und ihn erwartungsfroh ansah, glaubte sie ein Schmunzeln in seinem Gesicht zu erkennen.

„Also eines muss man Ihnen lassen, Frau Quernhorst", begann er. „Sie stehen wirklich mit vollem Einsatz hinter dieser Idee. Und der Plan, den sie da mit ihrem Ausschuss zusammen aufgestellt haben, überzeugt mich wirklich. Ich kann ja gar nicht anders, als Ihnen, Ihrem Ausschuss und dem ganzen Dorf diesen Umzug zu genehmigen." Er konnte sich ein Lächeln dabei nicht verkneifen.

„Ja!", platzte Adele aus und ballte dabei die Hand zur Siegesfaust. „Ich danke Ihnen. Vielen Dank!" Sie wäre ihm fast um den Hals gefallen, so erleichtert war sie in diesem Moment. Aber sie hielt sich zurück. Man konnte ja nicht einfach einem Bürgermeister um den Hals fallen. Das sparte sie sich für später auf, wenn sie den Mitgliedern des Ausschusses die Nachricht überbringen würde.

Am Abend ging sie gutgelaunt zum Treffen des Heimatausschusses, um den Mitgliedern die gute Nachricht zu überbringen. Die Sitzung fand wie immer in Franz Kneipe statt. Adele war ein paar Minuten zu spät dran. Sie war noch nicht ganz durch die Tür, da rief ihr schon jemand entgegen: „Und? Nun sag schon, wie war es? Was hat der Bürgermeister gesagt? Kann der Zug stattfinden?"

Sie merkte, wie sich ihr Mundwinkel zu einem Lächeln nach oben zogen. Sie wäre eine schlechte Poker-Spielerin ging es ihr in diesem Moment durch den Kopf. „Ich kann es dir schon ansehen. Du hast ihn überzeugt? Oder?" „Ja! Der Zug findet statt", rief Adele und alle anwesenden brachen spontan in Jubel aus. Alle kamen auf sie zu und jeder einzelne umarmte sie oder klopfte ihr anerkennend auf die Schulter.

Alle waren heilfroh darüber, dass nun endgültig die Genehmigung der Stadtverwaltung vorlag. Die Vorbereitungen in den vergangenen Wochen waren doch sehr intensiv gewesen und hatten den Mitgliedern einiges abverlangt. Jetzt hatten Sie die Gewissheit, dass ihre Arbeit nicht umsonst gewesen war, und das war für alle eine große Genugtuung und Erleichterung zugleich.

Mit der Gewissheit, dass der Zug nun tatsächlich stattfinden würde, konnten sie an diesem Abend in die Phase der letzten Vorbereitungen starten. Gerade noch rechtzeitig, denn es musste noch einiges getan werden. Die Spenden waren soweit eingesammelt, die Mitglieder des Komitees mussten nun in den nächsten Tagen Süßigkeiten einkaufen und die Tüten für die Kinder packen. Am Morgen vor dem Martinszug, wurden noch die frischen Weckmänner vom ortsansässigen Bäcker dazu gepackt. Auch in diesem Jahr waren die Tüten wieder voller Süßigkeiten, Nüsse, Äpfel, Orangen und einem frischen Weckmann. Die Kinder würden ihre Freude daran haben. Im letzten Jahr waren die Tüten in der Schule und im Kindergarten verteilt worden, weil der Zug wegen des Anschlages frühzeitig beendet werden musste. In diesem Jahr sollte alles wieder wie gewohnt laufen, so hoffte Adele.

Die Mitarbeiter vom städtischen Bauhof hatten an den Zugangsstraßen Beton-Barrikaden aufgebaut. Diese waren mit schweren Fahrzeugen so aufgestellt worden, dass kein Fahrzeug sie passieren konnte. Die Polizei hatte ihre Präsenz deutlich erhöht. Normalerweise kamen drei Beamte zur Sicherung des Zuges, heute war es mindestens ein Dutzend.

Auch wenn Adele froh war, dass der Zug in diesem Jahr stattfinden konnte und dass es nun endlich losging, hatte sie doch ein komisches Gefühl. Es war eine innere Unruhe, ob wirklich alles gutgehen würde.

Das Wetter war perfekt an diesem Abend. Es waren sehr viele Leute gekommen. Das Organisations-Komitee hatte eigentlich damit gerechnet, dass aus Angst vor einem erneuten Anschlag auf den Zug einige Familien ihre Kinder nicht am Zug teilnehmen lassen würden. Daher ging man davon aus, dass insgesamt weniger Menschen kommen würden als in anderen Jahren. Aber genau das Gegenteil war der Fall. Es waren Zuschauer aus allen umliegenden Orten gekommen. Viele hatten sogar Transparente mit Botschaften gegen Radikalismus mitgebracht. Aber es blieb insgesamt ruhig.

Frida und Mats standen, genau wie im vergangenen Jahr, mit ihren Freunden wieder an der Stelle, wo der Martinszug auf den Marktplatz einbog. In diesem Jahr waren auch Andreas

Bechtle und seine Frau gekommen. Sie wollten sich den Zug anschauen und später noch mit den Freunden einen Glühwein trinken und ein wenig den Abend genießen. Die Suspendierung von Andreas war aufgehoben worden. Er bekam zwar eine Ermahnung, weil er unrechtmäßig gegen einen Kollegen ermittelt hatte ohne dies der Abteilung für ‚interne Ermittlungen' mitzuteilen, aber sein Chef hatte ihm zu verstehen gegeben, dass dies eine rein formale Angelegenheit sei. Eigentlich war man ihm dankbar, weil er mit seiner Ermittlung dafür gesorgt hatte, dass gegen Mertens ermittelt werden konnte, was ja dann im weiteren Verlauf zu dessen Enttarnung geführt hatte.

Der Zug fand seinen Weg an der Gruppe um Mats und Frida vorbei zum Marktplatz und das Organisationskomitee führte die einstudierte Bettlerszene vor, in der Sankt Martin seinen Mantel mit dem Bettler teilte. Am Ende verabschiedete sich Sankt Martin von den Kindern und versprach, auch im nächsten Jahr wieder zu kommen und seine Gaben mit den Kindern zu teilen. Aber dazu mussten auch sie ihm versprechen, dass sie ebenfalls zum Teilen bereit seien, wenn es notwendig war.

Den Kindern von seinem Pferd aus zuwinkend verließ er den Marktplatz. In der schmalen Gasse, durch die er ritt, stieg hinter ihm wie von Zauberhand ein rot schimmernder Rauch auf. Als Kind hatte Mats immer geglaubt, dies würde passieren, weil Sankt Martin direkt vom Markt seines kleinen Dorfes aus wieder zurück in den Himmel aufstieg. Er war überzeugt davon, dass dies auch jetzt noch einige der Kinder glauben würden.

Die Kinder stellten sich in einer Reihe auf, um ihre Tüten abzuholen. Die Eltern fanden sich derweil noch am Glühweinstand ein. Hier war es mittlerweile sehr voll geworden. Mats und Frida standen mit Stefan, seiner Frau Vera und ein paar anderen zusammen und unterhielten sich darüber, wie schön es war, dass der Zug in diesem Jahr durchgeführt werden konnte. Aber auch, dass sie alle sehr froh waren, dass er nun ohne Zwischenfälle beendet war. Es war wieder ein wenig Normalität zurückgekehrt in das kleine, verschlafene Dorf, und das war allen Beteiligten sehr recht nach all den Vorkommnissen des vergangenen Jahres.

Keiner von ihnen ahnte zu dieser Zeit, dass eine weltweite Pandemie das Leben bereits in wenigen Monaten, nicht nur im Dorf, sondern in vielen Länder der Welt, förmlich auf den Kopf stellen würde.

Zum Schluss

möchte ich mich natürlich noch bei allen Bedanken, die dazu beigetragen haben, dass dieses Buch nach fast zwei Jahren endlich fertig gestellt werden konnte.
Am Anfang sollte es nur ein Zeitvertrieb während meiner langen Bahnfahrten zur Arbeit werden. Aber als mir immer mehr einfiel, was noch dazu gehörte, wurde mir bewusst, dass ich es durchaus als Kurzgeschichte bezeichnen könnte.
Ich zeigte die, damals noch ein wenig verworrene Geschichte, meiner Tochter und fragte, ob sie als geübte Leserin vieler Bücher Lust hätte da mal drüber zu lesen.
Natürlich stimmte sie zu und war sogar begeistert bei einer Geschichte mal von Anfang an dabei zu sein.
Ich weiß nicht ob ihr da schon klar war, dass ich beim Schreiben nicht so sehr auf Rechtschreibung und Zeichensetzung achte, sondern mehr auf den Inhalt. Es gab also viel zu korrigieren, nicht nur Inhaltlich. Wir haben dann in vielen Diskussionen die Geschichte umgestellt und erweitert, um sie auch für den Leser nachvollziehbar zu machen.
Insgesamt fünfmal habe ich sie die ganze Geschichte lesen und kommentieren lassen. Daher gilt ihr natürlich mein besonderer Dank.
Aber auch bei Ihnen als Leser möchte ich mich dafür bedanken, dass sie mir ihre Zeit geschenkt haben und damit quasi indirekt am Dorfleben teilnehmen und es kennenlernen wollen.

Wenn ich mit dem Buch Ihr Interesse geweckt habe, besuchen Sie gerne auch meine Homepage:

www.tomkroell.de

Hier finden Sie Informationen zu meiner Person und weitere Publikationen.

FSC
www.fsc.org
MIX
Papier | Fördert
gute Waldnutzung
FSC® C083411

Druck:
CPI Druckdienstleistungen GmbH
im Auftrag der
Zeitfracht GmbH
Ein Unternehmen der Zeitfracht - Gruppe
Ferdinand-Jühlke-Str. 7
99095 Erfurt